춘향전

청소년들아, 춘향을 만나자

춘향전

옛사람 글 | **조령출** 옮김 | **오세호** 다시쓰기 | **무돌** 그림

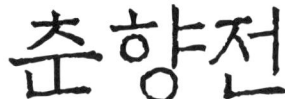
보리

차례

춘향, 봄 향기에 취하다   6

사또 자제 나귀 타고 납시네   12

버들가지는 살랑살랑, 붉은 치맛자락은 펄렁펄렁   22

책상 도령이 상사병 났구나   36

꽃 그리는 나비 마음 참을 길이 없네   46

꽃에도 귀천이 있다던가   57

하늘땅을 걸고 맹세하나니   65

사랑 사랑 내 사랑이야   76

참으로 나를 두고 가시려오   91

앉으나 누우나 임도 잠도 아니 오고   114

고집불통 욕심통 신관 사또   120

삼천 리 귀양간들 우리 낭군 못 잊겠소   140

한 지아비 섬기는 죄로 옥에 갇혀   156

용이 푸른 구름에 높이 올랐구나   172

춘향이 울음소리 귓전에 사무치고	180
피눈물로 쓴 편지	191
거렁뱅이 사위 웬 말이냐	200
어데 갔다 이제 왔소	210
노랫소리 높은 곳에 원망 소리도 높구나	218
어사또 듭시오!	227
잘 있거라, 광한루야	237

우리 고전 깊이 읽기

• 《춘향전》에 대하여	240
• 《춘향전》에 담긴 보물들	244
• 여전히 이어지는 춘향과 몽룡의 이야기	253

춘향, 봄 향기에 취하다

때는 일 년 사계절 중 가장 좋은 봄철, 봄철 중에도 가장 좋은 오월 단오로세. 남산에 꽃이 피니 북산이 붉는구나. 갈래갈래 늘어진 푸른 버들 속에 꾀꼬리는 벗을 부르고 나무 나무 숲을 이뤄 온갖 새 노래하니 참으로 좋은 철이로다.

곱디고운 춘향이도 향단이와 함께 오늘은 봄을 찾아 나선다. 복숭아꽃, 살구꽃, 배꽃, 나리꽃, 창포꽃 눈에 보이나니 모두 아름다운 봄이다.

아아,
봄이 와서 꽃인가
꽃이 피어 봄인가.

춘향이 쓴 푸른 장옷은 바람에 살살 날리고 비단 같은 푸른 잔디를 밟는 고운 걸음새는 사람들의 눈을 끈다. 춘향이는 동네 부인들을 만나면 어머니가 가르친 대로 얌전히 허리를 굽혀 인사한다.

"그동안 안녕하셨나이까?"

"오냐. 에그, 곱기도 해라."

부인네들은 춘향의 꽃다운 모습과 현숙한 태도에 감탄하며 월매가 딸 하나는 잘 두었다고 부러워하였다.

월매는 전라도 남원 땅 유명한 기생이었다. 그러나 일찍이 기생 노릇을 그만두고 서울에서 남원 부사로 내려온 성씨 성을 가진 양반에게 일생을 의탁하였다. 그런데 세월이 흘러 월매 나이 마흔이 되도록 자식이 없어 섭섭해하던 중, 하루는 성 참판*을 모시고 공손히 말했다.

"한 가지 소원이 있으니 들어주시오. 전생에 무슨 은혜가 있었던지 이승에 부부가 되어, 첩이 관가의 기생 노릇도 다 버리고 오직 낭군을 모시며 몸가짐을 바르게 하고 집안일에 힘쓰며 살았는데 무슨 죄가 무거워 자식 하나 없는지. 이 몸이 죽은 뒤 초상은 뉘라서 치러 주며 조상 산소에 향인들 뉘라서 사르오리까. 명산대찰(이름난 산과 큰 절)에 치성이나 드려 아들이건 딸이건 하나만 낳으면 평생 한을 풀 것이니, 낭군 뜻은 어떠하신지요?"

성 참판이 웃다가 말했다.

"신세를 생각하면 자네 말이 그럴 법하나 빌어서 자식을 낳는다면 자식 없는 사람이 어디 있으리오."

"지성이면 감천이란 말이 있지 않사옵니까."

---

* 참판은 조선 시대에, 육조의 판서 다음가는 벼슬.

성 참판은 월매의 간절한 뜻을 굳이 막지는 않았다.

월매는 그날부터 몸을 깨끗이 하고 지리산을 찾아 들어갔다. 광한루 앞 요천수는 푸르고 긴 강이요, 남원 남쪽 지리산은 깊고 깊은 산이라. 절에서 들리는 은은한 종소리 들으며 험한 숲길을 헤쳐 반야봉에 올라 사방을 둘러보니 과연 천하 명산이 분명하였다. 가장 높은 봉우리에 단을 만들어 제물을 차리고 단 아래 엎드려 빌었다.

월매의 정성이 하늘에 닿았는지 집에 돌아온 후 오월 오일에 부용당에서 꿈을 하나 얻었다. 하늘에 상서로운 기운이 어려 오색 빛이 찬란한 가운데 선녀가 푸른 학을 타고 오는데, 머리에는 꽃 관이요 몸에는 날개옷이라 눈이 부시고 허리에 찬 패물의 옥구슬 소리가 맑게 울렸다.

선녀가 두 손을 들어 절을 하며 공손히 말하였다.

"저는 낙포 선녀*의 딸로 옥황상제께 복숭아를 바치러 가다가 광한전에서 적송자*를 만나 잠깐 지체하다 늦게 당도하였는데 상제 크게 노하시어 인간 세상에 내치시매 갈 곳을 모르더니 두류산(지리산) 신령님께서 부인 댁으로 가라 하시기에 왔사옵니다. 어여삐 여기소서."

그러고는 월매의 품으로 달려들거늘 학의 높은 울음소리에 놀라 깨니 꿈이었다.

황홀한 마음을 가라앉히고 참판에게 꿈 이야기를 하니 참판이 말했다.

* 낙포는 중국 뤄허 강(낙수)가 땅 이름. 낙포 선녀는 낙수의 여신 복비를 이른다. 전설에 복희씨의 딸 복비가 낙수를 건너다 물에 빠져 죽어 신선이 되었다고 한다.
* 적송자는 중국 전설에서 비를 다스렸다는 신선.

"꿈을 어찌 믿으리오."

월매는 그달부터 태기가 있어 열 달 만에 옥같이 고운 딸을 낳았다. 월매가 그리던 아들은 아니나 자식을 얻고 보니 기쁘고 귀여워 소중하지 않을 수 없었다. 이름을 춘향이라 부르면서 만지면 꺼질세라 불면 날아갈세라 보배같이 아끼며 길렀다.

춘향이 난 지 얼마 안 되어 성 참판은 벼슬이 높아져 서울로 올라갔다. 기다리고 있으면 춘향이 모녀를 함께 다 데려가마 굳게 언약했건만 그 뒤로 소식이 없고 또 이내 성 참판이 세상을 뜨고 보니, 월매에게 남은 것은 허무한 맹세와 아비 없는 딸자식뿐이었다.

월매는 딸만이라도 양반집 자식 부럽지 않게 키우리라 마음먹었다. 어려서부터 예의범절을 가르치고 글공부를 시키면서 가야금에 그림 공부도 시키고 바느질과 길쌈, 베 짜기며 음식 솜씨에 이르기까지 두루 가르치니, 그 인물과 재주에 예절 바른 행실을 어느 누가 탐내지 않으리오.

어느덧 세월은 흘러 춘향은 이팔(열여섯) 꽃나이가 되었다.
월매는 오늘도 춘향을 내보내면서 일렀다.
"어데 가나 여염 처자의 행실을 잃지 마라."
"예, 난초는 어데 가나 그 향기를 잃지 않는다 하옵니다."
춘향은 이렇듯 공손히 대답하고 오월 단오 봄을 찾아 나갔다.
춘향은 숲속 그네터 쪽으로 길게 뻗은 물길을 따라 걸었다. 탐스러운 머리를 참빗으로 곱게 빗어 귀 뒤로 땋아 늘이니 난초같이 고운 댕기가 노랑 저고리 다홍치마 위에서 굼실거린다. 풀빛 장옷을 머리 위부터 엷은 안개 두르듯 단정하게 드리워 쓰니 막 피어난 꽃송이같이 아름답다. 옥결같이 맑은 살결이며 반달 같은 눈썹이며 그 아래 맑고 그윽한 눈빛이며 때때로 방싯 웃는 웃음은 봄빛 속에 더욱 어여쁘다.

춘향은 맑은 시냇물에 손을 담그며 수정 같은 조약돌을 집어 푸른 버들가지에 던져도 보고, 물 위에 떠 흘러오는 붉은 꽃잎을 건져 입술에 대어도 본다. 모든 것이 새롭고 또 얼마나 기쁜지. 봄 냄새에 취하니 시가 떠오른다.

봄이 와서 꽃인가 꽃이 피어 봄인가.
봄이라 봄이라 하여 그 어데서 온 봄인가.
꽃 보고 물어보니 소리 없이 웃기만.

실버들 푸른 가지 봄빛은 푸른가.
홍도화 붉은 송이 봄빛은 붉은가.
붉거나 푸르거나 봄이 오니 좋아라.

처녀들은 벌써 그네 터에 모여 그네를 뛴다.

그네 뛰세 그네 뛰세.
오월이라 단옷날에

우리도 선녀 되어

저 하늘로 날아 보세.

분홍 치마 갑사댕기

구름 위에 날리면서

하늘에도 봄이 있나

그네 타고 날아 보세.

단오 명절은 참으로 흥겹다. 씨름 터에서는 장정들이 황소 타기 씨름을 하고, 활터에서는 한량들이 과녁 맞추기 활쏘기를 한다. 농사철 바쁜 때라 땀 흘리던 농사꾼들도 오늘만은 정자나무 아래에 모여 막걸리 술상을 놓고 육자배기(남도 지방에서 부르는 민요 가운데 하나)를 부른다.

사또 자제 나귀 타고 납시네

이때 남원 고을에는 서울 삼청동에 사는 이 한림이라는 양반이 부사로 내려와 있었다. 그 아들 이몽룡 또한 나이 이팔인데 인물은 호동이요, 문장은 정송강이요, 글씨는 한석봉이라.* 사또는 은근히 아들을 귀엽게 여겨 사랑하며 하루빨리 과거에 급제하여 나라의 큰 재목이 되라고 엄하게 공부를 시켰다.

이 도령은 밤낮으로 글을 읽고 글을 쓰는 것이 일이다. 그런데 오늘은 봄 아침이 하도 좋아 읽던 책을 밀어 놓고 마당으로 내려와서 나무와 꽃밭에 날아드는 나비도 보고 담장 너머 화창한 하늘로 훨훨 날아가는 새들도 본다. 대문, 중문에 담으로 겹겹이 둘러막힌 책방 안이 갑갑해 견딜 수가 없다. 방자* 용쇠를 찾으나 보이지 않았다.

"도대체 이놈은 어디를 간 게야?"

마음 터놓고 이야기할 친구 하나 없으니 가슴에서 불이 난다. 하늘땅

---

* 호동은 고구려 대무신왕의 아들. 정송강은 조선 중기의 문인 정철(1536~1593)로 호가 송강. 한석봉은 조선 선조때의 명필로 알려진 한호(1543~1605).
* 방자는 조선 시대에, 지방의 관아에서 심부름하던 남자 하인.

먼 데로 날아가고 싶다. 그런데 아버지는 그저 책방에서 공부에 전념하라고만 하신다.

　사또는 아들을 가르치되 예절과 도덕을 거듭거듭 가르쳐 한 치라도 법도에 어긋나는 일에는 조금도 용서가 없었다. 항상 삼강오륜을 굳게 따라, 사람이 짐승과 다른 점은 임금과 신하 사이에 의리가 있고, 아비와 자식 사이에 정이 있고, 남편과 아내 사이에 분별이 있고, 어른과 아이 사이에 차례가 있고, 친구 사이에 신의를 지키는 데 있는 것이라 하였다. 한림이 책을 많이 읽었으되 자식에게 가르치는 것은 크게 이 다섯 가지 윤리에서 벗어나지 않았다. 이 도령은 하루 세끼 밥 먹듯이 귀에 못이 박이게 들으니 이제는 아무리 엄하게 말해도 잔소리만 같았다.

　이 도령은 아침이면 세수하고 머리도 단정히 빗고 옷도 바로 하고 책을 끼고 아버지가 있는 상방(주인이 지내는 방)으로 올라가는 것으로 하루를 시작한다. 아버지가 아랫목 비단 요에 앉아 있으니 정숙히 서서 두 손을 모아 쥐고 이마 위에까지 높이 쳐들었다가 무릎을 꿇고 엎드리며 이마가 방바닥에 닿도록 절을 한다. 이럴 때면 아버지는 기침을 한 번 한다. 다음은 책을 덮고 전날 공부한 대목을 외워서 바친다. 그러면 아버지는 잘했다고 칭찬도 해 주고, 공부를 그렇게 해서 언제 사람 구실 하겠느냐며 엄하게 꾸지람도 한다. 허나 아버지는 엄한 눈빛으로 꾸짖는 적이 훨씬 많았다. 이 같은 아버지를 섬기는 것은 힘든 일이다.

　도령이 울적한 마음을 참지 못하여 화초밭 앞을 오락가락하고 있을 제, 방자가 헤벌쭉거리며 중문 안으로 들어섰다. 도령은 아버지가 하듯

이 엄한 목소리로 꾸짖었다.

"이놈아, 어데 갔다 이제야 머리를 내미는 게냐?"

"도련님, 오늘이 단오 아니오? 옷을 좀 갈아입고 오느라고……."

방자는 새로 깨끗이 빨아 입은 갑사 쾌자*의 남빛 앞자락을 슬슬 만지며 웃는다.

도령은 새삼스럽게 미끈해진 방자를 보며, 향교 뒷마을에 늙은 외할머니가 살고 있어 방자 용쇠의 뒷바라지를 해 준다는 말을 들었는지라 대견스러운 생각이 들었다.

육날 미투리에 새하얀 버선을 신었고, 길게 땋은 머리채를 둘둘 말아 올린 위에 흰 수건을 질끈 동여매고 그 위에 벙거지를 엇비슷이 눌러썼는데 붉은 상모*가 건들거린다.

'아니, 이놈이 어쩌자고 이렇듯 멋을 부렸나?'

도령은 터져 나오는 웃음을 참을 수가 없다.

"하하하."

"아니, 갑자기 왜 이러시오?"

"네가 바람이 나도 단단히 난 것 같아 그런다. 하하하."

능청맞은 방자는 웃지도 않고 푸념하듯 말한다.

"지금이 어느 때요? 잎이 피어 푸를 청(靑) 자, 꽃이 피어 붉을 홍(紅) 자, 황금 같은 꾀꼬리가 벗을 찾아 날아들고 봄을 만난 나비들이 꽃

---

* 쾌자는 소매가 없고 등이 허리까지 트인 옷.
* 상모는 머리에 술이나 이삭 모양으로 만들어 다는 붉은 빛깔의 가는 털.

을 찾아 춤을 추고 여염집 처녀들도 산천경개 좋은 곳을 울긋불긋 찾아드니 돌부처가 아닌 다음에야 바람나지 않을 도리가 있으리까?"
"좋다, 좋아. 오늘은 나도 구경을 나가려고 하니 남원 경치 좋은 곳이 어디 어디냐? 아는 대로 일러 보아라."
"글공부하시는 도련님이 경치를 찾으심은 부질없는 일인 줄 아오."
"네 모르는 소릴 하는구나. 예부터 문장가나 재주 높은 선비들이란 경치 좋은 강산을 찾나니, 원래 좋은 시는 좋은 경치를 보아야 나오는 법이니라.

정송강이 금강산을 보지 않았다면 어찌 그 유명한 '관동별곡'을 쓸 수 있었으며, 정지상*이 대동강을 보지 않았으면 어찌 그 훌륭한 '남포비가'를 쓸 수 있었겠느냐? 백두산에 남이 장군의 시가 있고 남해 한산도에 이순신 장군의 시가 있다. 《동국여지승람》*이란 책을 보면 우리나라 경치 빼어난 곳치고 좋은 시 없는 곳이 없느니라."
방자가 도련님 뜻을 받아 남원 경치를 아뢴다.
"서울이라 자하문 밖 내달아 칠성암, 청련암, 세검정이 얼마나 잘난 지 모르겠고, 평양 가면 연광정, 대동루, 모란봉이 있다지만, 영양 낙선대, 보은 속리산 문장대, 안의 수승대, 진주 촉석루, 밀양 영남루가 어떠한지 몰라도, 전라도라 하면 태인 피향정, 무주 한풍루, 전주 한

---

* 정지상(?~1135)은 고려 시대 문신. 호는 남호. '남포비가'는 한시 '송인'을 말한다.
* 《동국여지승람》은 우리나라 여러 지역의 지리, 풍속, 인물 들을 자세하게 기록한 책. 1481년에 편찬되었다.

벽루 좋사오나, 남원이야말로 좋은 곳 한둘이 아니오니, 자 이제부터 들으시오.

우리 남원에도 시가 절로 나올 만한 명승지가 많소이다. 동문 밖 나가오면 지리산 정기 뻗은 백공산 줄기에 선원사 좋고, 해 지는 서문 밖 나가오면 관왕묘가 천고 영웅 엄한 위풍 어제오늘 같고, 남문 밖 나가오면 요천강 언덕 위에 합각지붕 나래 펼친 광한루, 오작교, 영주각 좋고, 북문 밖 나가오면 푸른 하늘에 금빛 연꽃을 깎아 세운 듯 기암절벽 높이 솟은 교룡산성이 좋사오니, 도련님 처분대로 하십시다. 자, 어디로 가시겠소?"

"광한루? 이름 한번 좋다. 광한루라. 아, 이제 생각난다. 《동국여지승람》에도 광한루를 적은 글이 분명 있느니라."

이 도령은 방 안으로 올라가 서가에 쌓인 책들 가운데서 책 한 권을 꺼내 놓고 책장을 넘긴다.

"여기 있구나. 광한루라, 황수신*이란 분이 이렇게 썼구나. '남원고을 남쪽에 지세가 높고 평평한 곳에 자그마한 누각이 있으니 광통루라 하였더라. 오랜 세월에 누각이 퇴락하여 못쓰게 되었더니 그 뒤에 다시 누각을 일으켜 정인지가 이름을 고치니 광한루라 하였더라.' 여기 시 한 수가 있구나."

이 도령은 시를 읊는다.

---

* 황수신(1407~1467)은 조선 전기의 문신. 광한루는, 황수신의 아버지 황희가 남원에 유배 중일 때 (1419년) 지은 광통루에서 비롯되었다. 황수신이 쓴 '광한루기'는 지금도 광한루 안에 걸려 있다.

아, 호남에 좋은 경치 많다지만

우리 고장 경치가 으뜸이로다.

우리 고장 많고 많은 명승지 중

광한루보다 더 좋은 곳은 없노라.

방자도 시의 속내를 좀 아는 듯 무릎을 친다.

"그 시가 우리 남원 사람들 마음을 바로 맞히었소."

그러고는 또 다른 시가 없는가 하고 방문턱 앞에 다가앉으며 이 도령이 보는 책을 넘겨다본다.

"강희맹이요, 이석형이요, 성임*이요, 이름 있는 문장가들의 시가 많구나. 백번 듣는 것이 한 번 보는 것만 못하다 하였으니, 방자야, 나귀 대령하여라."

방자는 펄쩍 뛴다.

"아니, 사또님 승낙도 없이요?"

"상방 손님들도 이제는 가셨을 게다. 내 잠시 들어가 아침 문안 드리고 승낙을 받아 나올 터이니 너는 여기서 채비하여라. 가만있자, 금강산도 식후경이란 말이 있지 않느냐?"

"그렇습지요. 뱃속 비고서야 경치고 뭐고 눈에 뵈는 것이 없습지요. 도련님은 걱정 마시고 사또님 승낙이나 받도록 하시오."

---

* 강희맹, 이석형, 성임은 모두 조선 전기 문신으로 문장이 뛰어났다고 한다.

이 도령은 책을 끼고 상방으로 올라갔다.

'과연 아버님이 승낙을 하실는지……. 섣불리 말씀을 드렸다가 오히려 꾸지람만 들으면 모든 것이 헛일인데. 꾸지람을 들을 바에는 차라리 슬그머니 나갔다 오는 것이 상책 아닐까?'

상방 앞에서 이렇듯 망설이다가 도령은 숨을 크게 한번 몰아쉬고 조심히 댓돌에 신 벗어 놓고 방으로 들어간다.

방 안에서는 마침 어머니도 와서 무언가 좋은 기색으로 이야기하는 중이었다. 도령은 아침 문안을 드리고 전날 공부한 글 한 대목을 외워 바쳤더니, 아버지는 몸을 좌우로 흔들며 오래간만에 칭찬하였다.

"그렇게 열심히 사서삼경*을 외워 통달하면 과거에 급제할 수 있느니라."

어머니도 기쁜 낯으로 소리 없이 빙긋 웃었다.

도령은 이때를 놓치지 않고 선뜻 말을 꺼냈다.

"오늘 단오 명절을 맞아 잠깐 광한루에 나가 경치도 구경하고, 누각에 걸려 있다는 강희맹의 글도 보고, 저도 글 한 수 지어 볼까 하옵니다."

"네가 《동국여지승람》을 읽었구나."

"예."

"그런 책을 읽는 게 나쁘지는 않다마는 과거도 보기 전에 좋은 경치

* 사서삼경은 《논어》, 《맹자》, 《중용》, 《대학》의 네 경전과 《시경》, 《서경》, 《주역》의 세 경서.

찾아 돌아다니는 건 좋지 않으니라."

아버지가 엄히 훈계하자, 어머니가 조심스럽게 한마디 하였다.

"오늘은 다른 날도 아니고 단옷날이니 한번 나가 글도 짓고 바람 쐬는 것도 좋을 것 같소이다."

이 한림은, 구경이나 하자는 게 아니라 글을 짓겠다는 아들의 말에 마음이 움직인 듯 승낙하면서 또 한바탕 훈계를 하였다.

"그럼 오늘 하루만 광한루에 나가 시제를 생각하되, 상사람들이나 기웃거리는 번잡스러운 장마당이나 씨름판에 가까이 가지 말며, 낯선 사람을 만나 쓸데없이 이야기 장단을 벌이지도 말며, 광한루에서 더 멀리 가지 말도록 하여라."

"예, 말씀대로 하겠나이다."

도령은 다시 절을 하고 물러 나왔다. 상방 댓돌에 내려서니 날아갈 것 같다.

안방으로 가서 어머니가 내주는 명절옷을 차려입고 나서니 눈이 부시다. 삼단 같은 긴 머리를 곱게 빗어 밀기름에 잠재우고, 자주색 비단 댕기에 석황(진주 광택이 나는 장식용 돌) 물려 맵시 있게 땋아 늘이고, 가는 모시 바지를 받쳐 입고, 가는 무명 겹버선에 남빛 대님을 곱게 치고 새파란 중치막*에 옥색 도포 받쳐 검은 띠를 가슴에 지그시 눌러 띠니 고운 모습 늠름한 풍채가 돋보인다.

---

* 중치막은 벼슬 없는 선비가 입던 웃옷. 길이가 길고 소매가 넓다.

이 도령은 새 갖신을 신고 급히 책방으로 나왔다. 그 옷차림을 보고 방자가 놀란다.

"아니 도련님, 장가들러 가시오? 흐흐흐."

"승낙을 하셨다. 나귀는 어찌 되었느냐?"

"오늘은 서쪽에서 해가 뜨는 게 아니오? 흐흐흐."

"이놈아, 어서 가자."

방자는 나귀 있는 데로 도령을 데리고 갔다. 나귀 안장은 훌륭히 지어져 있다. 붉은 질빵, 자주 고삐, 산호 채찍에다, 안장은 옥으로 치레하고 재갈은 황금이요, 청실홍실의 고운 굴레, 주락상모*를 달고, 안장 좌우엔 은 무늬 발걸이, 안장 위에는 호랑이 가죽 돋움에 앞뒤로는 줄방울이다.

"도련님, 어서 오르시오."

이 도령이 방자가 시키는 대로 등자(발걸이)에 한 발을 올려놓고 선뜻 안장 위에 올라앉으니, 앞뒤 걸이 줄방울이 절그렁 울린다. 당나귀는 용마라도 된 듯이 앞발을 들어 두어 번 구르더니 투레질을 한다.

방자는 나귀를 이끌고 삼문(대궐이나 관청 앞에 세운 세 문) 밖으로 나서 한동안 가다가 남문 밖으로 내달았다. 나귀 위에 두렷이 올라앉은 이 도령이 금물 뿌린 다홍 부채를 들어 햇빛을 가리며 고을 앞 삼남 대로를 호기롭게 나아가니 길 가던 사람들이 감탄하며 바라본다.

* 주락상모는 임금이나 벼슬아치가 타는 말에 붉은 줄과 붉은 털로 꾸민 치레.

나무 그늘이나 강기슭에서는 처녀들이 장옷 자락으로 얼굴을 가리며, 사또 자제 도련님이 제법 인물이 훤하다느니, 말 탄 모습이 의젓하다느니, 용쇠 놈 노는 꼴이 우습다느니 수군거리기도 하고 웃기도 한다.

시내 기슭 꽃나무 그늘에서 이 도령과 용쇠를 바라보는 향단이는 얼굴이 붉어졌다. 향단이는 향교 뒷마을로 길쌈할 명주 실꾸리를 구하러 갈 때면 언제나 살갑게 대해 주는 뽕나무 집엘 가곤 하는데, 그 집이 바로 용쇠 외할머니 집이어서 자주 용쇠와 부딪치곤 하였다. 방자 나용쇠는 향단이만 보면 언제나 우스갯소리를 잘 하였다. 향단이는 오늘도 저 방자가 무슨 또 실없는 소리를 할지 몰라 지레 얼굴이 붉어진 것이다.

"아가씨, 저기 방자 놈 용쇠가 도련님을 모시고 와요."
"호사가 대단하구나."
"인물이 잘나면 옷도 빛이 나는가 봐요."
"누구라도 옷만 잘 입으면 좋게 보인단다."
"아니에요. 도련님은 정말 인물도 잘나고 글도 뛰어나고 글씨도 명필이라 하던걸요."
"네가 그런 걸 어찌 다 아느냐?"
"방자한테서 들었어요."

춘향은 나무 그늘에서 흘깃 도령을 바라본다. 어느새 나귀 방울 소리가 가까이 들려왔다. 춘향은 깜짝 놀라 향단이를 재촉하여 꽃나무 뒤로 몸을 숨겼다.

버들가지는 살랑살랑, 붉은 치맛자락은 펄렁펄렁

이 도령은 오작교 어귀에 이르러 나귀에서 내렸다. 다리 위를 천천히 걸으며 맑은 강물을 굽어보니, 방자가 자랑을 한다.

"이게 오작교라 하는 다리옵고, 이 강물은 요천이라고 하온데 옛날엔 선녀들이 놀던 은하수라고 합지요."

"은하수에 오작교라! 이름이 좋구나!"

"어찌 이름뿐이리까. 경치가 아주 그럴듯합지요?"

방자가 웃으며 자랑을 한다. 이 도령이 천천히 걸어 광한루에 올라 사방을 돌아보니 과연 경치가 좋다. 가슴이 활씬 열린다. 참으로 천지는 넓고 봄빛은 다정하구나.

하늘땅 언제부터 이렇듯 넓었더냐.
산과 들 그 어디나 봄이로다 꽃이로다.
이 봄을 안아 보리, 장부의 이 가슴에.
내 오늘 찾은 봄을 그 누가 알아주랴.

이 도령이 시정을 못 이겨 다락 안을 살펴보니 뛰어난 문인들이 쓴 훌륭한 시들이 붙어 있다. 그중 강희맹의 글이 눈에 띈다.

남원에서 이름 높은 광한루에 오르니
유월에도 찬 바람이 뼛속에 스며드네.
계수나무 그늘 비낀 하늘의 집이런가.
붉은 난간 다락 아래 견우가 지나가네.

이 도령은 다른 쪽에 붙어 있는 이석형의 글을 또 읊어 본다.

맑은 물가에 다다르니 하늘에 오른 듯.
시원한 바람을 따라 누각에 오르니 달 가운데 노니는 듯.
끝없이 맑고 그윽한 곳이 여기 있거니
어찌 세상 밖에서 선경을 찾으려 했던고.

모두 하늘 나라나 신선 세계에 비겨 나무랄 데 없는 강산이라 하였다. 이 도령은 누각을 거닐며 다시 사방을 둘러본다.

요천수 아침이면 안개 개어 있고, 푸른 숲 저문 봄은 꽃버들 봄바람에 싸여 있다. 한 곳을 바라보니 꽃들이 흐드러지고 새들이 날아든다. 예굽은 푸른 솔과 떡갈잎이 봄바람을 못 이겨 우줄우줄 춤을 추고, 폭포 떨어지는 데 꽃이 피어 빵끗빵끗한다. 봄에 취해 울긋불긋한 산 빛이 풍덩실 요천수 물에 잠겨 있다.

또 한 곳 은근한 숲 사이를 바라보니 어떤 미인이 춘정을 못 이겨 진달래 한 송이를 질끈 꺾어 머리에 꽂아도 보고, 함박꽃도 한 가지를 질끈 꺾어 입에 담뿍 물어도 보고, 비단 소매를 반쯤 걷고 흐르는 맑은 물에 손도 씻고 발도 씻고, 조약돌 덥석 집어 버들가지 꾀꼬리도 희롱한다. 버들잎 주르르 훑어 물에 훨훨 띄워도 보고, 눈처럼 흰 나비가 꽃송이에 날아들어 꽃술 물고 춤을 추니 그를 보며 호호 웃는데 그 모습이 참으로 아름답구나.

"저 여인은 누구인가? 사람인가 선녀인가?"

이 도령의 가슴엔 시정이 넘치는데 여인의 모습이 문득 사라져 간곳없다.

이럴 때 방자가 옆으로 다가와서 여전히 히벌쭉거린다.

"어떤갑쇼? 호남에서야 광한루가 제일입지요?"

"좋구나. 광한이라 선경이 분명하니 선녀 어이 없을쏘냐."

이름 높은 오작의 신선이요

광한은 하늘 나라 누각이라.

묻노니 하늘의 직녀 그 누구인고.

흥겨운 오늘 내가 견우 되리로다.

이때 관아 안채에서 후배사령(벼슬아치가 다닐 때에 따라다니던 사령)

이 술상을 차려 내왔다.

"도련님, 술상 대령하였소."

"좋다. 오늘같이 좋은 봄날에 술이 어찌 없을쏘냐."

도령은 방자가 따라 주는 술을 한두 잔 마시고는 술상을 방자와 후배 사령에게 물려주었다. 광한루를 이리저리 거니노라니 시흥이 절로 올랐다.

"진주 촉석루, 밀양 영남루 어떠한지 몰라도 이곳 경치를 당할쏘냐. 붉은 단(丹), 푸를 청(靑), 흰 백(白), 붉을 홍(紅) 곱게 단장을 하였는데 신선이 산다는 영주산, 방장산, 봉래산이 눈앞에 다가온 듯, 물은 그대로 은하수며 경치는 바로 신선 세상이라. 신선 세상 분명하면 선녀도 있으렷다."

바로 이때 춘향이가 향단이를 데리고 그네 터로 들어섰다. 백 척이나 높은 버들가지에 드리운 그네를 뛰려 할 제, 푸른 그늘에 향기로운 풀 우거지고 비단 잔디 좌르르 깔린 위에 장옷 훨훨 벗어 걸어 놓고, 자주색 가죽신도 석석 벗어 던져두고, 다홍치마는 턱 밑까지 훨씬 추켜 입는다. 그넷줄을 고운 두 손에 갈라 잡고, 흰 버선 두 발길로 선뜻 올라 발을 구른다. 가는 허리, 고운 몸을 단정히 놀리는데, 뒷모습을 보면 검은 머리끝에 금박 무늬 비단 댕기가 춤을 추고, 앞치레를 보면 치마 앞자락에 옥 장식 작은 칼이 잘그랑거리고, 색 좋은 자주 고름이 훨훨 나부낀다.

"향단아, 밀어라."

한 번 굴러 힘을 주고 두 번 굴러 힘을 주니 발밑의 티끌이 바람 따라 펄펄 날고, 앞뒤로 점점 멀어 가니 머리 위 나뭇잎이 그네 따라 흔들흔들. 녹음 속에 붉은 치맛자락이 펄펄 날리니 구만리 하늘 흰 구름 사이로 번갯불이 비치는 듯, 앞으로 언뜻 보이는 모습은 가벼운 제비가 흩날리는 붉은 꽃잎을 쫓는 듯하고, 뒤로 반뜻 보이는 모습은 드센 바람에 놀란 호랑나비가 짝을 잃고 날다가 돌아서는 듯도 하고, 금강산 선녀가 상팔담(금강산에 있는 못)으로 내리는 듯도 하다.

광한루에서 구름 사이로 언뜻언뜻 날리는 붉은 치맛자락을 본 이 도령은 마음이 설레고 정신이 아찔해져 어쩔 줄 모른다.

"얘, 방자야."

"예이."

"저 건너 버들 숲과 구름 사이 오락가락 희뜩희뜩 얼른거리는 저것이 무엇이냐?"

다락 한옆에서 술상을 차지하고, "너 한 잔 먹어라, 나 한 잔 먹자." 하며 후배사령과 술을 마시던 방자가 이 도령 옆으로 온다.

"무엇 말입니까?"

"저것 좀 보아라."

"소인 눈엔 아무것도 안 보이는뎁쇼?"

"이놈아, 이 부채 끝을 바로 보아라."

"부채 끝 아니라 부처님 끝을 보아도 모르겠는뎁쇼?"

"이놈아, 저 붉은 것이 얼른얼른하는 것 말이다."

"저 그네 뛰는 것 말이오?"

"그래. 사람이냐, 귀신이냐?"

"도련님, 딱도 하시오. 하늘땅이 맑은 날에 귀신이 어이 있으리까? 저건 이 고을 기생 월매 딸 춘향이란 계집아이오."

"보기 참말 좋구나."

"정말 그렇게 좋소이까? 흐흐흐."

"기생의 딸이라니 가까이 불러다 볼 수 없느냐?"

방자는 펄쩍 뛴다.

"아니 될 말씀이오. 어미는 기생이나 춘향이는 기생 노릇 마다하고 꽃이며 달을 봐도 글귀를 생각하고, 바느질이며 길쌈이며 못 하는 재주 없으며, 문장 또한 뛰어나 재상집 딸들도 따르지 못할 도도한 여염 처자이오니 불러오기 어렵소이다."

"좋구나, 좋아. 글을 또한 잘한다니 시 한 수씩 화답해 보자."

방자는 고개를 내젓는다.

"안 되오이다. 춘향이는 남원에서 빼어난 미인이라 그 아름다움이 남쪽 고을에 널리 이름나 있습죠. 하여 감사, 부사, 군수, 현감, 관장님네 하여간 세도가 엄지발가락 두 뼘가웃이나 되는 양반들이 춘향이를 한번 보자 하였으나, 예절과 덕행이 높아 눈서리에도 굽히지 않는 송죽의 절개를 품었을 뿐 아니라, 어질고 높은 기상이 여인 중의 군자라, 어느 누구도 어쩌지 못했나이다. 황송하오나 불러오기 어렵소이다."

이 도령은 크게 웃으며 말하였다.

"네가 세상 이치를 모르는구나. 깊은 산속에 묻혀 있는 백옥이나 물속에 잠겨 있는 황금이라도 다 임자가 따로 있느니라. 잔말 말고 어서 가 불러오되, 광한루에 견우가 있어 직녀를 부른다 하여라."

이렇게 분부하니 방자 더는 어쩌지 못하여 춘향을 부르러 간다. 연잎 벙거지를 엇비슷이 눌러쓰고 버들가지 한 가지를 뚝 꺾어 헛채질도 하며 신세타령도 하면서 총총 숲속으로 걸어간다.

그네 터에서는 춘향이 몸이 하늘로 날아올라 버드나무 가지 끝에 달린 방울을 쩔렁 툭 찬다. 방울 소리는 숲속에 은은히 사무친다.

공중을 날던 그네는 점점 낮아지고 앞뒤가 가까워진다. 춘향은 잠시 눈을 감고 가쁜 숨을 쉬다가 향단이를 부른다.

"얘 향단아, 그네 바람이 독하구나. 정신이 어찔해진다. 그넷줄 붙들어라."

향단이는 그넷줄을 따라 앞으로 뛰고 뒤로 뛰며 실랑이질을 하는데, 그 꼴이 제 생각에도 우스운지 깔깔거린다. 한참 만에야 그넷줄을 잡으니, 춘향은 풀밭 위에 내렸다.

이때 방자가 숲속으로 들어오며 소리를 친다.

"여봐라, 얘 춘향아!"

"무슨 소릴 그리 질러 사람을 놀래느냐?"

춘향이가 한마디 쏘아붙인다.

"얘, 말 마라. 큰일 났다."

"큰일이라니 무슨 일이냐?"

"사또 자제 도련님이 광한루에서 네가 그네 뛰는 모양을 보시고 불러 오란 영이 났다."

춘향이 방자를 꾸짖어 말한다.

"네가 당치 않은 소릴 하는구나. 도련님이 어찌 나를 알며, 나를 안다 한들 어찌 사또 댁 도련님이 여염집 처녀를 함부로 부른단 말이냐? 방자야, 네가 내 말을 종다리 삼씨 까듯(끊임없이 조잘거리는 모습) 했나 보구나."

"아니다, 내가 네 말을 할 리가 없지. 그건 다 네 잘못이지 내 탓이 아니다."

"뭐, 내 잘못이라고?"

"네 그른 내력을 들어 보아라. 여염집 처녀가 그네를 탈 양이면 네 집 뒤뜰 담장 안에 줄을 매고 남이 알까 모를까 은근히 타는 게 도리지, 광한루 멀지 않은 곳에 때는 좋아 앞내 버들은 초록빛 장막을 두르고 뒷내 버들은 연둣빛 장막을 둘러, 한 가지 늘어지고 또 한 가지는 펑퍼져서 바람을 못 이겨 흐늘흐늘 춤추는 여기서 그네를 뛰니 될 말이냐? 네 외씨 같은 두 발로 푸른 가지를 툭툭 차며 흰 구름 사이를 넘나들 제 붉은 치맛자락이 펄렁펄렁하니, 도련님이 그걸 보시고 너를 부르신 것이지, 내가 무슨 말을 했단 말이냐? 잔말 말고 어서 가자."

춘향이 어이없어 대꾸도 하지 않으려다가 그래도 인사가 그렇지 않아 대답을 하였다.

"네 말이 옳기는 하다마는 오늘이 단옷날이라 나뿐 아니라 다른 집 처녀들도 모두 나와 그네를 뛰는데 어찌 나만 그르단 말이냐?

그리고 도련님이 설사 내 말을 하더라도 내가 지금 관가에 이름 올린 기생의 몸도 아닌데, 여염집 처녀를 오라 가라 부르실 리도 없고 부르신다고 갈 리도 없다. 애당초 네가 말을 잘못 들은 게다."

"아니, 무슨 사설이 그리 많으냐? 양반 댁 도련님이 부르면 가는 게지. 아직도 네가 양반님네 세도를 모르는구나. 도련님으로 말하면 외삼촌이 우의정이시고 할아버님은 이조판서를 지내시고 아버님은 이 고을 사또님이시다.

도련님의 영을 거역하였다가 내일 아침 동헌 마당으로 네 어머니를 잡아들여 매를 치면 네 마음이 어떠하며 내 마음은 좋겠느냐? 그러니 맘대로 해라."

방자는 마지막으로 한번 으름장을 놓고 돌아서 가는 체한다. 향단이는 방자를 그대로 보내서는 안 될 것 같아 곰살궂게 말하였다.

"방자야, 네가 그러고 가면 우리 아가씨가 고분고분 가실 줄 아느냐? 난 네가 그런 사람인 줄 몰랐구나. 그래도 네가 도련님한테 눈치 있게 말씀을 잘 드려야지, 그럴 수 있느냐?"

향단이가 밉지 않은 눈길로 흘겨보니 방자는 금세 스르르 봄눈 녹듯 하면서 도련님이 한 말이 생각났다.

"가만있자, 내가 깜박 잊었구나. 도련님은 네가 글 잘한다는 말을 들으시고 시 한 수 화답하자 하시며 광한루의 견우가 직녀를 부른다 하시었다. 어서 가자."

춘향은 잠시 생각하다가 대답한다.

"방자야, 도련님 말씀 아니 듣기 어려우나 이렇게 여쭈어라. 기러기는 바다를 따르고 나비는 꽃을 따르노라고."

"뭐? 기러기는 바다? 나비는 꽃?"

방자가 어리벙벙해 있는데, 춘향은 향단이를 재촉하여 장옷을 쓰고 숲을 나서 오작교 쪽으로 걸어간다.

광한루에서 방자 돌아오기를 기다리던 이 도령은 답답하여 견딜 수 없었다.

'불러오란 춘향이를 오히려 쫓아 보낼지 모를 놈이니 내 좀 가까이 가서 그 거동을 보리라.'

이렇듯 생각하고 광한루에서 내려와 오작교 어귀로 발길을 옮겼다. 과연 오작교 저쪽에서 춘향이 장옷을 쓰고 종종걸음으로 다리를 건너온다. 이 도령은 나무숲 그늘에 비켜섰다가 춘향이 다 건너오자 그 앞에 섰다. 춘향은 뜻하지 않은 곳에서 도령을 대하여 놀라 허리를 굽혔다.

"그대는 뉘신가?"

춘향은 맑은 눈길을 들어 도령을 한번 보고는 얌전히 고개를 숙일 뿐이다.

"하늘에 머물던 흰 구름 꽃이 땅 위에 내렸는가, 물 위에 자던 꽃이 아침 이슬에 피었는가?"

춘향이 이에 화답한다.

"꽃은 꽃이로되, 구름 꽃도 자던 꽃도 아니오이다."

"세상에 다시없을 꽃다운 그대, 달빛 속의 선녀인가, 은하 강변의 직녀인가?"

"달빛 없는 환한 낮에 선녀 어이 있으며, 칠월 칠석 아니어든 직녀 어이 있으리까."

"선녀도 아니요 직녀도 아니라면 광한루 봄바람이 내게 보낸 봄 냄새인가?"

"광한루 봄바람은 나그네 봄바람, 부용당 깊은 곳의 봄 냄새를 어이 알리오."

춘향은 장옷 깃으로 얼굴을 가리며 허리를 굽힌다

"이만 물러가오이다."

도령이 한 걸음 다가서며 못다 한 말을 하려는데, 춘향은 벌써 종종걸음으로 남녘 마을로 뻗은 꽃나무 숲길 사이로 사라져 간다.

'세상에 저렇듯 아름답고 맑은 목소리에 총명과 문장 재질이 빛나는 여인이 있었던가.'

이렇듯 춘향이 간 쪽만 보고 서 있는데, 방자가 돌아와 도령 옆에서 비위 좋게 웃는다.

"호호호, 도련님 재주 참으로 귀신이 울고 가겠소. 이 방자도 불러오지 못한 춘향이를 몸소 만나 유식한 말로 문답까지 하시다니."

"이놈아, 너만 믿었다간 춘향이 얼굴도 못 볼 뻔했구나. 그래, 춘향이가 네게는 무엇이라 하더냐?"

"뭐, 기러기는 바다를 따르고 나비는 꽃을 따른다고 여쭈어라 합디다."

"나비는 꽃을 따른다, 옳다, 옳아. 뜻이 깊은 말이로구나."

"허 참, 나비가 꽃을 따르는 거야 뻔한 일인데 무슨 쥐뿔같은 뜻이 있소이까?"

"네 이제 알게 될 것이니 춘향이 집이나 알면 어서 일러라."

"춘향이 집이야 잘 압지요."

방자는 손을 들어 가리킨다.

"도련님 보시오. 저기 동산은 빽빽하고 연못이 맑고 푸른데 물고기 뛰어놀고 온갖 꽃들이 만발하며, 나무에 앉은 새들은 제철을 자랑하여 우짖고, 바위 위에 굽은 솔은 바람이 건듯 불면 늙은 용이 꿈적거리는 듯, 문 앞의 버들가지는 실실이 늘어져 춤을 추고, 대나무, 잣나무, 전나무, 그 가운데 은행나무는 음양을 따라 정다이 마주 섰고, 초당 문 앞에는 오동나무, 대추나무, 깊은 산중의 물푸레나무, 포도, 다래, 으름덩굴이 휘휘친친 감겨 담장 밖으로 뻗었으니, 저 푸른 솔숲과 대숲 사이로 은근히 보이는 곳이 춘향이 집이오이다."

"동산이 정결하고 송죽이 울창하니 곧고 바른 행실을 능히 알겠구나. 방자야, 오늘 밤 퇴령(지방 관아에서 구실아치와 사령들에게 물러가도록 허락하던 명령) 후에 춘향이 집을 찾아가자."

"도련님, 어쩌자고 그런 생각을……. 아니 될 말씀이오."

"춘향이 말에 나비가 꽃을 따른다는 것은 나비가 꽃을 찾아오라는 뜻이니 날개를 펴 날아가야지."

"그런 말씀 마오. 춘향이가 그리 쉽게 도련님을 오시라 할 그런 여자가 아닌 줄 아오."

"그런 춘향일수록 더욱 좋다."

도령은 분홍 부채를 펼쳐 활활 부치며 춘향이 집을 애틋이 바라본다.

책상 도령이 상사병 났구나

책방으로 돌아온 이 도령은 모든 일에 마음이 없고 춘향이 생각뿐이다.

이 도령 책방을 볼 것 같으면, 자개 장식 책상이며 문갑이 놓여 있고, 문갑 위에는 옥으로 만든 붓꽂이에 크고 작은 붓들이 꽂혀 있고, 향나무 종이 꽂이에는 질 좋은 두루마리들이 담겨 있다.

허나 지금은 어느 것 하나도 손에 잡히지 않는다. 벽에는 안견과 이상좌*의 그림이 붙어 있고 명필 한석봉의 글씨도 걸려 있으나, 도령의 눈에는 꽃나무 그늘에 서 있는 춘향의 고운 모습이 삼삼히 떠오르고 맑은 목소리가 쟁쟁히 들릴 뿐이다.

밤이 되면 춘향이 집엘 가리라 생각하니 해는 어이 더디 지며 목은 어이 마르는가. 안에서 어머니가 보내온 꿀물 화채를 마셔도 가슴이 탄다. 도령이 한숨을 쉬고 책상 앞에 앉아 손에 잡히는 대로 책 한 권을 집어 펼치고 글을 읽자 하니 글자마다 춘향이 얼굴이다.

* 안견은 조선 전기 화가. 산수화에 뛰어났다. 이상좌는 조선 전기의 화가로 인문화에 뛰어나 중종의 초상화를 그렸다.

도령은 방자를 불러 물었다.

"해가 어느 때쯤 되었느냐?"

"동쪽에서 아귀 트오이다."*

"괘씸한 놈, 서쪽으로 지던 해가 어느새 동쪽으로 갔단 말이냐? 다시 살펴보아라."

"살펴보나 마나 해는 져서 어스름 저녁이 되고 동산 위에 달이 솟아옵니다요. 도련님, 저녁 진지 잡수시오."

통인(수령의 잔심부름을 하던 구실아치) 아이가 저녁상을 내왔다.

갈비찜, 생선찜에 보글보글 끓는 신선로도 놓여 있고 산나물, 들나물, 싱싱한 풋김치며 한쪽에는 흰 눈 같은 꿀 설기며 솔잎 냄새 풍기는 송편이 갖추 놓여 있건만, 도령은 어느 것 하나도 맛이 없어 한두 술 뜨고는 상을 물렸다.

잠시 자리에 누워 이리 뒤척 저리 뒤척 뒹굴다가, 책방에서 글 읽는 소리 들리지 않으면 상방에서 꾸지람할까 걱정되어 마음을 다잡고 글을 읽기 시작하였다. 사서삼경을 내놓고 이것도 좀 읽어 보고 저것도 좀 읽어 본다.

"《시경》이라, 물새는 암컷 수컷 서로 불러 화답하며 물가에서 노닐고, 요조숙녀는 군자의 좋은 짝이로다. 아서라, 이 글 못 읽것다."

《대학》을 읽는다.

---

*'아귀 트다'는 새싹이 난다는 뜻으로, 해가 동쪽에 조금 올라왔다는 말이다.

"《대학》의 도는 밝은 덕을 밝히는 데 있으며 백성들을 새롭게 하는 데 있으며 춘향에게 있다. 이 글도 못 읽겠다. 아무것도 못 읽겠구나. 《주역》이나 읽어 보자. 하늘 건, 하늘에는 네 가지 덕이 있나니 원코, 형코, 이코, 정코*, 춘향이 코, 딱 댄 코, 좋고. 옳거니, 춘향이 코는 참으로 어여쁜 코로다."

방자가 책방 마루 끝에 앉아 듣다가 웃음을 터뜨린다.

"도련님 글 읽는데 코가 너무 많으오. 으하하하."

"이놈아, 사람 사는 세상일은 좋고 궂고* 싫고 언짢고라. 코 자가 아니 붙은 것이 없느니라."

"정말 도련님 콧속이 넓으시오."

《맹자》를 읽는다.

"맹자가 양혜왕을 뵈니, 왕이 말하기를 선생이 천 리를 멀다 않고 오시니, 춘향이 보시러 오시나이까?"

《사략》을 읽는다.

"아득한 옛날 천황씨*는 쑥떡으로 왕이 되어 해와 계절의 시작을 인방(이십사방위의 하나)과 인시(오전 세 시에서 다섯 시 사이)에서 시작하니 굳이 힘을 쓰지 않아도 백성이 평안하였고 형제 열둘이 모두 일만 팔천 살씩 살았다."

* 원(元), 형(亨), 이(利), 정(貞)은 사물의 근본이 되는 원리. 세상의 모든 것이 생겨나서 자라고 이루어지고 거두어진다는 것을 뜻한다.
* '궂다'는 '그르다'는 뜻.
* 천황씨는 중국 태고 시대 전설 속 왕.

방자가 여쭈었다.

"여보 도련님, 천황씨가 목덕(木德)으로 왕 하였단 말은 들었으되 쑥떡으로 왕이 되었다는 말은 처음 듣소."

"이놈아, 네가 모르는구나. 천황씨 일만 팔천 살 산 양반이라 이가 단단해 목떡을 잘 자셨거니와 시속 선비들이 목떡을 어찌 먹겠느냐? 공자님께옵서 후대 사람들을 생각하시어 명륜당에 현몽하고 세상 선비들은 이가 부족하여 목떡을 못 먹기로 물씬물씬한 쑥떡으로 하라 하여 삼백육십 주 향교에 문서 돌려 쑥떡으로 고쳤느니라."

방자가 듣다가 이른다.

"하늘님이 들으시면 깜짝 놀라실 거짓말을 다 듣겠소."

이 도령은 또 《적벽부》를 들여놓고 읽는다.

"임술년 가을 칠월 십육일에 소식*은 객과 더불어 배를 띄워 적벽 아래 노니는데 맑은 바람 서서히 불어오고 물결 잔잔하구나. 아서라, 이 글도 못 읽것다."

도령은 모든 책이 마음에 들지 아니하여 마지막에 《천자문》을 내놓고 읽기 시작하였다.

"하늘 천, 따 지······."

방자 듣고 어이없어 말한다.

"점잖으신 도련님이 천자문이 웬일이오? 허허 참."

---

*소식은 중국 북송 때 문인. '적벽부'를 썼다.

"천자문은 글 중의 근본이라. 옛날 주흥사라 하는 이가 하룻밤에 이 글을 짓고 머리가 백발이 되었다 하여 '백수문'이라고도 하는데, 글자마다 새겨 보면 감탄할 일이 참 많다."

"저도 천자 속은 좀 압지요."

"네가 정말 안단 말이냐?"

"알다 뿐인갑쇼?"

"안다고 하니 그럼 읽어 보아라."

"예, 들어 보시오. 높고 높은 하늘 천(天), 깊고 깊은 따 지(地), 홰홰 친친 감을 현(玄), 불에 탔다 누르 황(黃), 혼인 날짜 날 일(日), 꿀맛일세 달 월(月)."

"에라 이놈, 상놈이 분명하다. 어데서 장타령 하는 놈의 말을 들었구나. 내 읽을 테니 들어 보아라.

어느 태고에 생긴 것인가 사철 푸른 하늘 천(天), 오행으로 만물을 기르는 따 지(地), 그윽하고 미묘할사 북방 현무 검을 현(玄), 동서남북 색깔 중에 중앙 흙색 누를 황(黃)……."

"도련님 천자풀이는 너무 유식해서 재미가 없소."

"그럼 또 들어 보아라. 하늘 중천 높이 떠서 비춰 주는 날 일(日), 밤길 찾아가는 님의 길 밝혀라 달 월(月), 그리워라 가슴속에 임 생각이 찰 영(盈), 보고 지고 병이 들면 청춘 시절도 기울 측(仄), 춘향의 두 눈빛은 맑고 맑은 별 진(辰), 꿈에라도 보고 지고 팔을 베고 잘 숙(宿), 삼경이 멀었느냐 북두칠성이 벌일 열(列), 춘향이 집 찾아 가서 쌓인 정회

베풀 장(張), 찬 바람이 쓸쓸히 부니 침실에 들어라 찰 한(寒), 베개가 높거든 내 팔을 베어라 이만큼 오너라 올 내(來), 후리쳐 질끈 안고 임의 다리에 드니 설한풍에도 더울 서(暑), 침실이 덥거든 음풍을 취하여 이리저리 갈 왕(往), 춥지도 덥지도 않은 때가 어느 때냐 오동잎 진 가을 추(秋), 백발이 장차 우거지니 소년 풍모를 거둘 수(收), 잎 진 나무에 찬 바람 흰 구름만 떠도는 강산에 겨울 동(冬), 오매불망 우리 사랑 규중 깊은 곳에 감출 장(藏), 간밤에 가는 비 맞아 생기 있는 아름다운 연꽃은 부드러울 윤(潤), 이러한 고운 태도 평생을 보고도 남을 여(餘), 백년가약 깊은 맹세 만경창파 이룰 성(成), 이리저리 노닐 적에 세월 가는 줄 모를 해 세(歲), 조강지처 내치지 못하고 아내 박대 못 하나니《대전통편》* 법 율(律), 군자의 좋은 배필이 아니냐, 춘향 입 내 입 한데 대고 쪽쪽 빠니 음률 여(呂) 자 이 아니냐. 아이고, 보고 지고. 우리 춘향 봄 춘(春)."

도령은 흥이 나서 자기도 모르게 큰 소리로 읊어 댄다.

"도련님, 소리 좀 낮추시오. 천자 풀이에 웬 춘향이가 그리 많소?"

이때 상방 쪽에서 통인이 달려 나왔다.

"도련님, 사또께서 평상에 누워 잠시 잠드셨다가 놀라 깨시어 '책방에서 어떤 놈이 생침을 맞느냐? 소리 요란하니 알아 오라.' 하시옵니다. 어찌 아뢰리까?"

*《대전통편》은 조선 정조 때 편찬한 법전.

"딱한 일이다. 남의 집 늙은이들은 귀도 좀 먹는다더니만 너무 밝으신 것도 예삿일 아니구나. 네 들어가 이렇게 여쭈어라. 내가 우리나라 사기를 읽다가 을지문덕 장군이 살수에서 삼십만 대군을 크게 물리친 대목에 이르러 몹시 통쾌하여 그만 소리를 질렀노라고 여쭈어라."

통인이 들어가 그대로 말하니, 사또는 매우 기쁘게 여겨 통인을 또 불렀다.

"여봐라, 네 가서 목 낭청을 가만히 오시래라."

낭청은 사또 밑에서 수발드는 구실아치로 성이 목가인지라 목 낭청이라 하는데, 통인이 급히 낭청을 불러오니, 이 양반이 어찌나 고리게 생겼는지 채신머리없는 종종걸음에다 초라니* 같은 얼굴에는 언제나 근심이 잔뜩 매달려 있었다.

"사또, 그새 심심하셨지요?"

"아, 게 앉소. 심심해서가 아니라 임자에게 할 말이 있어 찾았네. 우리가 옛 친구로 함께 공부를 해 왔으니 말이지만 아이 적에 글 읽기처럼 싫은 것이 없느니. 그런데 우리 아이는 글 읽기에 재미를 붙여 안 읽은 책이 없으니 어찌 기쁜 일이 아니겠나."

목 낭청은 덮어놓고 고개부터 끄덕이면서 대답한다.

"아이 적에 글 읽기처럼 싫은 게 없지요. 읽기가 싫어 잠도 오고 꾀만 부리게 되고."

---

* 초라니는 하회 별신굿 탈놀이에 등장하는 인물 가운데 하나. 양반의 하인으로 행동거지가 가볍고 방정맞다.

"그런데 이 아이는 글을 읽기 시작하면 읽고 쓰고 밤낮을 가리지 않으니."

"예, 정말 그렇지요."

"배운 건 없어도 글 쓰는 재주가 뛰어나거든!"

"그렇지요. 점 하나를 툭 찍어도 높은 봉우리에서 던진 돌덩이 같고, 한 일 자를 그어 놓으면 천 리에 진을 친 구름 같고, 갓머리는 처마 끝에서 갸웃거리는 참새 대가리 같지요. 글 쓰는 법을 말하면 풍랑이 일고 우레가 치는 기상이라, 내리그어 채는 획은 절벽에 거꾸로 선 소나무 같고, 도로 채 올리는 획은 성난 무쇠 활촉 같고, 기운이 모자라 발길로 붓을 툭 차올려도 획은 획대로 되옵디다."

"글쎄, 내 말 들어 보게. 저 아이가 아홉 살 먹었을 때 서울 집 뒤란에 늙은 매화나무가 한 그루 있어 그 매화를 두고 글을 지으라 하였더니, 잠깐 사이에 지었는데 그 솜씨가 오래 정성 들여 지은 것과 조금도 다름이 없었거든. 한 번 보면 제꺼덕 외우는 총기가 있는지라 나라의 당당한 인재가 될 것이니 나이가 적고 많고가 관계없을 성싶네."

"장차 정승도 하오리다."

"정승이야 어찌 바라겠냐마는 내 죽기 전에 과거 급제는 쉽게 하리라 믿네. 급제만 하면 현감이나 군수 같은 것이 어렵겠나."

"정승을 못 하면 장승이라도 되겠지요."

"아니 장승이라니?"

낭청이 차이가 엄청나게 말을 하는 바람에 사또는 버럭 화를 내었다.

"자네 뉘 말인 줄 알고 그런 말을 하나?"
"그게 뉘 말인지, 재주 많은 사람이란 잘되면 아주 잘 되거니와 못되면 아주 못 된다는 말씀이온데 정신이 오락가락해서……."
"이 사람, 그만 썩 들어가게!"
사또가 소리를 치는 바람에 목 낭청은 발딱 일어나 머리를 간들간들 흔들며 돌아갔다.

이때 도령은 상방에서 하인 물러가라는 영이 내리기만 기다리고 있었다. 밤이 이슥해 갈수록 도령의 마음은 초조하기 그지없다.
"방자야, 어찌 되었나 동헌에 가 보아라."
"아직도 상방 문 앞이 대낮같이 밝으오."
"이놈아, 너는 어찌 그리 마음이 태평하냐?"
"도련님, 정말 춘향이 집을 가시려오? 선불리 가셨다가 망신만 당하실 텐데 그래도 가시려오?"
"그런 걱정 말고 어서 가자."
"모르겠소, 사또님이 아시면 어떤 불벼락이 떨어질지."
"방자야, 네가 도와주어야지 누가 나를 돕겠느냐?"
바로 이때 하인 물리라는 소리가 길게 울린다.
"하인 물리랍신다."
동헌 대청의 밝은 등불들이 하나둘씩 물러가고 하인들도 물러가고 순경 보는 사령이 담 밑을 돌아간다.

이 도령은 방자를 재촉하였다.

"방자야, 초롱에 불 밝혀라!"

방자는 분부대로 청사초롱에 불을 켜 들고 책방을 나서 발소리 없이 가만가만 걸었다.

"방자야, 아버님 계신 방에 불 비친다. 초롱불 가려라."

방자는 초롱불을 겨드랑 옆에 끼면서 담을 돌아 중문 대문을 빠져나갔다.

꽃 그리는 나비 마음 참을 길이 없네

 이 도령이 방자를 따라 삼문 밖을 나서 좁은 숲길로 들어서니 달빛은 휘영청 밝은데 꽃가지며 푸른 버들은 봄 꿈에 잠겨 있고, 놀기 좋아하는 아이들도 모두 제집으로 돌아가고, 밤은 깊어 고요하다. 그렁저렁 골목길을 에돌아 춘향이 집 앞에 다다르니 방자가 광한루에서 말한 대로 한쪽은 솔숲이요 한쪽은 대숲이요 마주 서 있는 은행나무 사이로 정갈한 여염집 대문이 보인다. 밤은 이미 깊어 달빛만 소리 없이 흐르는데, 맑은 연못 물에 뛰노는 대접 같은 금붕어는 임을 보고 반기는 듯, 달 아래 두루미는 제짝을 부르며 잠들 줄 모른다.
 방자가 대문을 지그시 밀어 보니 대문은 안으로 철벽같이 걸려 있다. 인기척에 개가 짖기 시작한다.
 "얘, 방자야."
 "예이."
 "어찌하면 좋으냐?"
 "담을 넘어 들어갑시다."
 "어찌 그렇게야 하겠느냐."

"도련님, 양반 체면 차리다간 아무 일도 못 하오. 여기 잠시 서 계시면 소인이 안에 들어가 대문을 열겠소."

방자는 담을 돌아간다.

이때 안방에서 첫잠이 들었던 월매가 개 짖는 소리에 깨어났다.

방문을 드르륵 열어 보니 빈 마당에는 달빛뿐이고 개 짖는 소리 요란하다.

"이놈아, 짖지 마라. 속담에 달 보고 짖는 개라더니 너를 두고 한 말이구나."

혼자 중얼거리며 마당으로 나서 뒤뜰 초당으로 가니 춘향이가 향단이를 벗하여 가야금을 뜯다가 시정을 못 이겨 시첩을 펼쳐 놓고 글을 쓰는 중이다.

월매는 초당 마루 끝에 앉는다.

"밤이 깊었는데 무엇을 그리 또 쓰느냐? 어제는 온종일 열두새 베를 짜고, 오늘은 광한루 다녀와서 쉬지도 않고 이 늙은 어미 먹으라고 백설기를 한다 잉어찜을 한다 애썼으니 피곤할 텐데 그만 자거라."

"음식 솜씨를 익히느라 한 것이온데요 뭐."

"여자란 모르는 것 없이 다 배워야 한다. 너만 한 재주를 가지고 남자로 태어났더라면 얼마나 좋았겠느냐?"

"어머니, 또 그런 말씀을."

"꿈이 하도 이상해서 하는 말이다."

"무슨 꿈이온지?"

"잠깐 이야기책을 보다가 잠이 들었는데, 너 자는 부용당 지붕 위에 오색구름이 서리더니 하늘에서 난데없이 청룡 하나가 내려와 너를 덥석 안고 하늘로 올라가기에 용 허리를 안고 이리 궁굴 저리 궁굴 궁굴다가 개 짖는 소리에 소스라쳐 잠이 깼구나. 네가 아들이었으면 큰 벼슬을 할 꿈이 아니냐."

"아들로 태어나 벼슬은 못 해도, 어머니 잘 모시는 효녀는 되겠으니 그런 말씀 하지 마오."

"마님, 딸 덕에 부원군(왕비의 아버지에게 주던 벼슬) 된다는 말도 있잖아요. 호호호."

향단이도 한마디 하고 웃는다.

"그렇다는 말이다. 허나 여자 몸은 늘 조심해야 한다. 젊어서 한번 잘 못하면 일생을 망치느니라. 참, 오늘 광한루에서 웬 도련님이 너를 부르셨다는데 그 도련님 이름자가 무엇이라더냐?"

향단이가 대답한다.

"꿈 몽(夢) 자에 용 용(龍) 자라 하와요."

"뭐? 꿈 몽 자, 용 용 자라?"

월매 놀라는데, 이때 담장 밑 오동나무 그늘로 무엇인가 쿵 하고 떨어진다.

"아니, 저게 무엇이냐?"

월매가 벌떡 일어나 뜰로 내려서며 살펴보니 어떤 녀석이 나무 그늘에서 어물거린다.

"아니, 어떤 녀석이 아닌 밤중에 남의 집에 뛰어들어! 귀신이 아니면 도적놈이구나. 얘 향단아, 어서 부엌에서 식칼 가져오너라."

나무 그늘에서 방자가 쑥 나온다.

"쉿! 쉿!"

"쉿 하는 놈이 누구냐? 아니, 네 이놈 방자로구나."

"아주머니 조용하시오."

방자는 대문 빗장을 연다. 문밖에 사람 모습이 희뜩 보이니 월매는 가는 목소리로 또 소리친다.

"아니, 저건 또 웬 녀석이냐?"

방자는 기절초풍을 한다.

"아이고 늙은이, 말이면 다 하시오? 사또 자제 도련님이 오시었소."

월매는 놀란다.

"아니, 도련님이 오시다니 이런 변이 있나. 진작 그리 말할 것이지. 아이고, 이런 죄송할 때가 있나. 향단아, 초당에 불 밝히고 자리 방석 내오너라."

"예에."

방자가 도련님을 안으로 모셔 들이니, 월매는 공손히 이 도령 앞으로 가서 인사를 한다.

"그새 도련님 편안하셨소이까?"

도령은 어색하게 서서 인사를 받는다.

"춘향이 어머니 되는가?"

"예."

"그동안 편안하오?"

"예, 도련님. 이처럼 오실 줄 모르고 이 늙은것이 눈이 어두워 함부로 주둥이를 놀렸소이다. 노여워 마옵시오."

"이런 때는 그런 말이 더 좋네."

"아이고, 도련님 도량이 이렇듯 넓으신 줄 알았으면 욕을 좀 더 많이 할 걸. 호호호."

이 도령도 따라 허허 웃었다. 도령은 서글서글한 춘향이 어머니가 마음에 들었다. 사람들이 춘향이 어미를 다 좋은 여인이라 한다더니 과연 헛말이 아니로다. 사람이 외탁을 많이 한다더니 과연 그 어머니에 그 딸이구나. 반백이 넘었으되 기력이 좋고 살이 맑고 풍만하여 복 있어 보이고 단정하니 점잖은 몸가짐이 마음에 들었다.

도령은 월매가 권하는 대로 초당을 향해 발길을 옮겼다. 초당과 뜰 앞 연못이며 집 둘레를 돌아보니 정갈하고 멋진 경치가 좋아 다른 세상에 온 듯하다. 초당에는 어느덧 촛불이 환하다. 추녀 밑으로 버들가지 늘어져 불빛을 가리니 마치 구슬발을 드리운 듯하고, 뜰 오른쪽에 서 있는 오동나무 잎에서는 맑은 이슬이 뚝뚝 떨어져 두루미의 꿈을 놀라게 해 깨우는 듯하고, 왼쪽 한 그루 소나무 가지에서는 맑은 바람이 건듯 불어 잠든 새를 깨우는 듯도 하다.

창 앞 뜰에는 온갖 난초들이 속잎이 돋아나고, 뜰 앞 맑은 연못에는 어린 연꽃들이 물 밖에 겨우 떠서 구슬 같은 이슬을 받쳐 들었고, 물 밑

금붕어는 때때마다 물을 차고 올랐다가 출렁 툼벙 물속으로 다시 들어가 굼실굼실 노닌다.

새로 나온 연잎들은 반만치 벌어지고 못 가운데 만든 작은 돌산은 층층이 쌓였는데, 못가 두루미는 사람을 보고 놀란 듯 두 죽지를 벌리고 긴 다리로 징검징검 끼룩 뚜루룩 소리 내며 피해 간다. 그중에 반가운 것은 쌍오리가 손님을 기다린 듯 둥덩실 떠서 다가오는 모양이다.

이 도령이 초당 앞에 이르니 그새 방 안에 들어가 있던 춘향이 월매가 부르는 소리를 듣고 그제야 소리 없이 살짝 미닫이문을 열고 나온다. 밝은 달이 구름 밖으로 솟아오르는 듯 황홀하다.

춘향은 부끄럽게 뜰아래로 내려와 인사를 한다.

"도련님, 안녕하셨소이까?"

도령은 어찌 대답을 해야 할지 몰라 머뭇거리다가 말한다.

"봄밤의 곤한 잠을 깨워 미안하군."

이렇듯 말하고 춘향을 다시 살펴보니 꽃다운 모습과 단정한 맵시야말로 세상에 다시 비길 데 없다. 맑고 어여쁜 얼굴은 한 송이 백모란이 노을 속에 핀 듯하고, 붉은 입술 사이로 언뜻 보이는 흰 이는 별도 같고 옥도 같고, 붉은 치마와 고운 태는 가는 허리에 붉은 안개를 두른 듯하다.

"도련님, 어서 올라가옵시오."

월매는 도령을 모시고 당에 올라 자리를 권한 다음 자기도 앉으며 춘향을 불러 옆에 앉혔다.

춘향이 도사리고 앉은 모습은 강남 제비가 맑은 강물에 미역을 감고 나와 물가에 고이 앉은 모습이요, 도령의 눈에는 아무리 보아도 하늘에서 선녀가 내려와 앉은 것만 같다.

춘향이도 잠시 눈길을 들어 이 도령을 보았다. 이마가 높고 눈빛이 총명하니 슬기로운 남자의 용모에, 맑고 두툼하니 잘생긴 얼굴이 귀한 풍채와 용모이니 출세하여 나라의 큰 인물이 될 인재로 보였다.

춘향이는 붉어지는 얼굴을 다소곳이 숙이고 앉아 있고, 월매는 향단이 시켜 도령에게 차를 주며 담배도 권하였다. 도령은 아직 담배는 피울 줄 모른다 하고 차를 마시며 방 안을 둘러보았다.

춘향이 집에 올 때는 춘향에게 뜻이 있어 온 것이지 세간 구경을 온 것은 아니건만, 도령은 이런 일이 처음이라 밖에서는 무슨 할 말이 많을 것 같더니 막상 안에 들어와 마주 앉고 보니 공연히 헛기침이 나고 오한 증이 생겨, 차를 마시며 방 안도 둘러보고 벽의 그림과 글씨들도 살펴보는 것이다.

방 안은 아주 정결한데, 용 무늬 옷장, 봉황 무늬 옷장이 알뜰하게 놓여 있고, 붉은 나무로 만든 문갑 위에는 책이며 붓꽂이, 종이 꽂이며 벼룻집이 놓여 있고 벽에는 좋은 그림들이 붙어 있다. 아직 시집도 가지 않은 데다 공부하는 처녀 방에 이런 세간과 그림들이 갖추 있을 리 없지마는 월매가 유명한 기생으로 구실을 살 때 딸 주려고 장만한 것이다. 이름난 명필 글씨가 붙어 있고, 팔선녀가 금강산 상팔담에 내려 목욕하다가 여덟 번째 막내 선녀가 날개옷을 잃고 혼자 떨어져 착한 나무꾼 총각을 만나 아들딸 낳고 살았다는 '금강 선녀' 그림도 있으며, 칠월 칠석에 오작교에서 한 해 한 번 겨우 만난다는 '견우직녀' 그림도 있다.

모든 그림에 뜻이 있고 초당 주인의 갸륵한 마음이 깃들어 있는 듯하였다. 책상 위에는 춘향이 쓴 시가 한 수 붙어 있다.

층암절벽* 높은 바위

바람 분들 무너지며

청송녹죽* 푸른 나무

눈이 온들 변하리.

"허, 참으로 절개 있는 글이며, 글씨 또한 명필이구려."

이 도령이 감탄하니, 월매도 기뻐한다.

"이 애가 써 붙인 글이온데."

"훌륭하오. 정말 훌륭한 딸을 두었소. 하!"

이렇듯 도령이 말문이 열려 웃기도 하며 춘향을 보니, 춘향은 더욱 부끄러워 머리를 숙인다.

월매가 춘향을 보며 이른다.

"도련님께서 모처럼 오셨는데 어서 주안상을 차려 오너라."

춘향이 얌전히 일어나 안채로 들어간다.

"귀하신 도련님이 이처럼 누추한 저희 집에 오실 줄은 몰랐소이다.

---

* 층암절벽은 험한 바위가 겹겹이 쌓인 낭떠러지.
* 청송녹죽은 푸른 소나무와 푸른 대나무.

황송한 말씀 어찌 다……."

"우연히 광한루에서 춘향이를 잠깐 보고 섭섭히 보낸 뒤에 꽃 그리는 나비처럼 마음 참을 길 없어, 오늘 밤 자네한테 할 말이 있어서 왔는데 들어주겠는가?"

"도련님 말씀이라면 듣고 말고가 있소이까. 어서 말씀하사이다."

도령은 월매의 소탈하고 정다운 말에 마음에 품고 온 말을 내놓았다.

"다른 게 아니라 춘향이와 백년가약을 맺으려 하는데 자네 마음은 어떠한가?"

월매는 몹시 뜻밖이라는 듯 잠깐 생각하다가 말한다.

"말씀은 황공하오나 춘향이는 서울 자하골 참판 대감이 남원 부사로 내려와 계실 때, 제가 가까이 모시어 낳은 딸이오이다. 서울로 올라가시면서 젖줄 떨어지면 데려가런다 하시더니 그 양반이 불행히 세상을 뜨시고 보니, 춘향이는 홀어미 자식이 되고 말았소이다. 혼자 저것을 길러 낼 제 고생도 많고 눈물도 많았으나 그 사연을 어찌 다 말하오리까. 일곱 살부터 공부시켜 학문을 닦게 하고 예의범절이며 집안 살림하는 법을 낱낱이 가르쳐 이제는 모르는 일이 없으니 인물과 재주로 보면 누가 내 딸이라 하오리까.

좋은 짝을 골라 시집보낼 때가 되었는데 이 어미가 천한 탓으로 벼슬 높은 양반집에는 보낼 수 없고, 상사람에게 주자니 아까워서 밤낮으로 근심하던 차에 도련님께서 그런 말씀을 하시니 고맙고 황송하기 그지없소이다. 허나, 그런 말씀은 아예 하지 마소서."

도령은 기가 막혀 잠자코 앉았다가 진정을 말한다.

"좋은 일에 어찌 그런 말을 하오? 춘향이도 혼인하지 않은 처녀요, 나도 아직 장가 전이라 서로 백 년을 언약하면 될 일 아니오. 양반 자식이 한 입으로 두말을 하겠소? 내 말을 믿어 주오."

허나 월매는 조금도 흔들리지 않는다.

"도련님은 아직 모르시오. 세상에는 귀한 사람 천한 사람 차별이 있소이다. 혼사를 해도 처지에 맞게 하는 것이온데, 사또 댁 도련님이 양반의 도리를 어기시고 부모 몰래 천한 집 춘향이와 인연을 맺었다가 사또님과 마님께서 아신다면 천길만길 뛸 일이오니 도련님께서도……."

이 도령이 끼어들었다.

"그런 일은 내가 다 알아서 말 없게 할 터이니 걱정 말고 어서 허락해 주오."

"도련님은 청춘이라 지금은 봄 나비가 꽃 본 듯이 춘향이를 탐내 그런 말씀 하시지만, 나중에 세상 소문이 두렵고 부모의 영을 어기지 못하여 춘향이를 버리시면 도련님께도 화가 되고 춘향이 신세도 망치오리니, 오늘은 그저 노시다가 가옵시오."

이때 안에서 춘향이가 술과 음식을 차려 내왔다. 귀한 손님을 모시는 데 솜씨 있는 월매는 도령에게 술도 권하고 안주도 권하면서 좋은 말로 이야기도 나누었다. 하지만 도령은 뜻을 이루지 못해 속이 편치 않았다.

"허허, 내 말을 그리도 믿지 못하겠소? 다시 잘 생각해 보오."

도령은 술 한잔 마신 김에 말을 또 꺼내 보았으나 월매는 허락하지 않았다.

"도련님, 사람의 혼사란 일생에 한 번 있는 큰일이온데 어찌 하루 이틀에 대답할 수 있사오리까. 오늘은 이렇게 잠깐 노시고 춘향이의 가야금이나 한 곡 듣고 가사이다."

그리하여 이날 밤은 가야금만 한 곡 듣고 하릴없이 책방으로 돌아왔다.

꽃에도 귀천이 있다던가

 춘향이 가야금 솜씨는 참으로 놀라웠다. 가야금을 한쪽 무릎 위에 올려놓고 고운 손길로 괘(줄을 괴는 작은 받침)를 옮기며 줄을 고른 다음 그윽한 떨림으로 가야금을 뜯는데, 소리가 하도 맑고 아름다워 오색구름 사이로 신비로운 음악이 은은히 들려오는 듯도 하고, 때로는 맑은 바람이 숲속에 설레다가 해당화꽃 숲에 들어 속삭이는 듯도 하고, 때로는 노한 파도가 바위에 부딪혀 천만 갈래로 부서지며 솟구쳐 올랐다가 떨어지는 듯도 하고, 때로는 옥구슬이 천 길 벼랑을 만나 폭포수로 내리다가 잔잔한 물결을 이루어 은모래 위를 흘러가는 듯도 하였다. 그 어떤 풍상에도 꺾이지 않을 슬기와 높은 기개가 담겨 있어 무엇과도 바꿀 수 없는 아름다움이 넘쳐흘러, 이 도령의 마음을 부드럽고도 세차게 흔들었다.
 책방으로 돌아온 도령은 춘향이가 눈앞에 아른아른한데 월매가 한 말의 참뜻을 알 수가 없었다. 마음에 담은 사람과 백 년을 함께 살자 하는데 어찌하여 사람의 귀천을 따져 이다지도 괴롭히는가. 도령은 춘향을 생각하며 시 한 수를 지었다.

사랑이 가는 마음

막는 것이 무엇인고.

나비는 꽃을 찾아

부용당에 갔거니

꽃은 말이 없고

비바람이 웬일인고.

꽃이여, 그대에게 묻노니

꽃에도 귀천이 있다던가.

도령은 이 글을 방자에게 주어 춘향에게 보냈다.

달 밝은 밤, 춘향은 부용당 마루에 앉아 가야금을 뜯고 있었다. 이 도령이 뜻밖에 찾아와 가야금 산조* 한 곡을 듣고 마음 편치 않게 돌아간 다음, 춘향도 마음이 어지러워 누워도 잠이 오지 않고 앉아도 일이 손에 잡히지 않았다. 그러자니 가야금을 벗하여 줄을 골라 울리면 저절로 임 그리는 노래가 되었다. 춘향은 마음속에서 샘솟는 감정을 가야금에 담아 노래했다.

봄 저녁 꽃은 피어 그 누구를 기다리나.

달 비낀 창 아래 가야금은 아느냐.

* 산조는 전통 기악 독주곡 가운데 하나.

금아, 금아, 가야금아, 은실 금실 울려라.
나도 모를 꽃 마음 등기당당 등기당.
달아, 달아, 밝은 달아 계수나무 나를 다오.
계수나무 함을 짜서 이내 마음 담아 보자.
산호같이 붉은 마음 이내 마음 담았다가
나도 모를 그날 오면 고이 열어 보여 보자.

춘향은 문득 가야금을 멈추었다.
'나도 모를 그날에 누가 온단 말인가?'
춘향이 얼굴이 화끈 뜨거워진다.
'내 어찌 도련님을 생각하랴. 우리 같은 처지로 어찌 도련님을 생각하랴. 어머니가 그리 말씀하시는 것도 당연하지. 우리 같은 천것이 어찌……'
생각할수록 가슴이 아프다. 광한루에서 부를 때 '기러기는 바다를 따르고 나비는 꽃을 따르노라'고 한 것은, 날개 달린 나비가 날개 없는 꽃더러 어찌 오라 가라 하겠는가 한 것뿐인데 그날 밤 부용당에 찾아올 줄은 몰랐다. 춘향은 그 한마디로 여염 처자의 행실을 잃은 듯하여 다시금 얼굴이 화끈 뜨거워졌다. 춘향은 스스로 고개를 흔들었다.
'모든 잡념을 잊어버리리라.'
다시 가야금을 안고 둥기당 울리기 시작하였다. 허나 손끝이 짚고 뜯는 줄줄이 저절로 울려 입에서 흘러나오나니 '달 아래 상사곡'이다.

봄 저녁 꽃은 피어

그 누구를 기다리나.

이때 대문 소리가 나며 향단이가 방자를 달고 들어와, 부용당 마루 끝에 앉는다.

"아씨, 방자가 또 찾아와 못살게 구니 정말 죽겠소."

"못살게 굴다니?"

"얘 향단아, 네가 고와서 말이라도 한마디 더 하자고 그러는데 뭘 그래? 호호호."

방자는 향단이 어깨를 툭 밀며 웃는다. 춘향이도 웃었다.

"그래 도련님은 편안하시냐?"

방자는 심각한 얼굴로 마루 끝에 올라앉는다.

"춘향아, 큰일 났다. 도련님 너를 생각하며 병들어 누워 계신다. 세상 만물 눈에 보이나니 모두 네 모습이요, 바람 소리 새소리 귀에 들리나니 모두 네 목소리요, 잠을 잃어 못 자고 밥맛 잃어 끼니를 굶으시니 이런 변이 있느냐? 오늘은 도련님이 병석에서 글 한 수 지어 주시며 네게 전하고 화답 한 수 꼭 받아 오라 하시더라."

방자는 편지봉투를 춘향 앞에 내놓는다.

"너희 집 늙은이 고집은 그렇다 치고 춘향이 네 속마음이나 알고 죽으면 한이 없겠다 하시더라."

춘향은 가슴이 털렁 무너지는 것 같다. 허나 태연히 꾸지람하듯 말하였다.

"방자야, 점잖으신 도련님이 어찌 그런 말씀을 하셨겠느냐? 너희는 잠시 안에 있다 나오너라."

춘향은 처녀 몸으로 바깥 사내의 글월을 읽는 것이 몹시 부끄러웠다. 향단이는 눈치 있게 방자를 데리고 안채로 들어갔다.

그제야 춘향은 도령의 글월을 펼쳐 보았다. 과연 글씨는 명필이요 문장 또한 빛이 난다. 구절구절이 춘향이 가슴을 찔렀다. 특히 마지막 구절에서 춘향은 눈시울이 뜨거워지며 이슬이 맺힌다.

꽃은 말이 없고
비바람이 웬일인고.
꽃이여, 그대에게 묻노니
꽃에도 귀천이 있다던가.

도령의 뜨거운 심회가 가슴을 파고드는 듯 춘향은 한 손을 들어 가슴을 쓸어내렸다. 도령에게 화답 글을 쓸 수도 없고 아니 쓸 수도 없다. 허나 병석에 누워 기다리고 있을 도령의 모습이 눈에 어려 춘향은 문갑 위에 놓인 벼룻집을 내려 붓을 들었다.

밤은 이슥하고 달빛만 밝게 흐른다. 연못가에서 잠자던 학이 끼룩 꾸꾸룩, 꽃향기 풍기는 책방 뜰에도 달빛은 휘영청 흐른다. 방자를 기다리는 도령은 마음이 타는 듯 초조하다. 일각이 삼추*라는 말은 이런 때를 두고 한 말이 아닌가. 한밤중이 지나서야 방자가 빈손으로 돌아오자 도령은 울화를 터뜨리며 방자를 꾸짖었다.

"이놈아, 네 어찌 춘향이 글 한 수 받아 오지 못한단 말이냐?"

방자는 방자대로 투덜거렸다.

"춘향이 집에 갔다가 욕만 먹고, 이놈의 방자는 뭐 속이 편한 줄 아시오? 도련님의 글월을 보고 글 한 수 써 줄 듯 기다리라 하더니, 여염집 처녀가 어찌 부끄러움도 없이 바깥 사내에게 글월을 쓰랴 하며 써 주지 않습디다. 떼를 쓰다 못해 오늘은 그냥 왔소."

방자는 도령을 곁눈으로 슬슬 보며 계속 투덜거렸다.

"정말 그 집 늙은이며, 춘향이며 도련님께 그럴 수는 없지요. 세상에 춘향이 없으면 여자가 없겠소? 엥이, 나 같으면 싹 걷어치우겠소."

도령은 기세를 꺾지 않고 방자에게 일렀다.

"아니다. 네 모르는 소리다. 보물을 어찌 쉬이 얻으며 삼신산 귀한 꽃을 어찌 쉬이 보랴. 때를 기다리자꾸나."

이렇게 말하고 도령은 다시 자리에 누웠다.

이틀 뒤, 말도 없이 나갔던 방자가 저녁 무렵에야 돌아왔다. 이 도령이 책을 들고 춘향이 생각에 잠겨 있는데, 방자가 그 앞으로 다가왔다.

"도련님."

---

* 일각은 15분, 삼추는 삼 년을 이른다. 짧은 기간도 길게 느껴진다는 뜻.

방자가 히벌쭉 웃는다.

"네 이놈, 말도 없이 어딜 갔다 이제야 오느냐?"

"받아 왔소."

"받아 오다니?"

"춘향이 글 한 수 받아 왔소."

"방자야, 고맙다. 네 없으면 내 어찌 살겠느냐."

"흐흐흐, 어서 읽어 보시오. 또 무슨 뜻 모를 소리를 썼는지."

봉해 놓은 글월을 떼어 보니, 춘향이 글씨가 얼마나 정겨운지, 그 고운 글에 담긴 뜻 또한 깊구나.

꽃은 말이 없되

비바람 이겨 내고

꽃에는 귀천이 없되

향기를 귀중히 여기나니

그 향기 귀중한 절개를

어느 나비 알리오.

도령은 무릎을 쳤다.

"옳다. 뜻이 깊구나. 꽃은 비바람을 이겨 내니, 절개 높은 향기를 귀중히 여긴다고 하였다. 내 어찌 그 향기 귀중함을 모르리오. 가자, 오늘 밤 춘향이 집으로 가자."

하늘땅을 걸고 맹세하나니

날이 저물자 이 도령은 방자를 데리고 춘향이 집을 또 찾아갔다. 월매는 도령을 더욱 반갑게 맞이하여 초당 위에 올려 앉히고 향단이에게 주안상을 빨리 차리라 하였다.

도령은 전날처럼 꽃방석 위에 앉았다. 춘향은 연분홍 삼회장저고리에 남빛 치마를 입고 도령에게 인사를 하더니 안으로 들어가서 쟁반에 차를 받쳐 내왔다. 월매는 차를 권하며 말하였다.

"도련님께서 이처럼 또 오실 줄은 몰랐소이다."

"자네 만나려고 왔소."

"원, 망령도. 다 늙은 호박이 뭐가 보기 좋아 오셨겠소? 춘향이 보러 오셨겠지."

"오늘은 춘향이보다는 자네 입에서 허락한다는 말 한마디를 기어이 듣자고 왔으니 어서 대답해 주오."

월매는 한편 기쁘기도 하고 한편 슬프기도 하여 후유 한숨을 내쉬었다.

"도련님 마음이 간절하신 줄은 알 만하옵니다마는 깊이 생각하십시오. 옛글에 '아들을 아는 데는 아버지만 한 이가 없고 딸의 사정을 아는 데는 어머니만 한 이가 없다'고 하였으니, 내 딸애 마음은 내가 잘 아오이다. 어려서부터 정숙한 행실을 배우고 시집을 가도 한평생 한 낭군을 섬기려는 송죽같이 곧은 절개를 지녔으니, 뽕밭이 바다가 될지라도 변치 않을 마음이오이다.

춘향이는 금은 비단이 산같이 쌓여 있다 해도 탐내지 않을 것이며, 이 아이의 백옥 같은 마음은 그 어떤 맑은 바람도 미치지 못할 것이옵니다. 다만 옛사람의 가르침을 본받고자 할 뿐이온데, 도련님이 젊은 혈기에 욕심을 부려 인연을 맺었다가, 더구나 장가 안 간 도련님이 부모 몰래 깊은 사랑을 맺었다가 소문이 두려워 춘향이를 버리시면, 내 딸은 무늬 좋은 진주 깨어진 구슬 꼴이 되오리니, 맑은 강에 놀던 쌍오리가 짝 하나를 잃었다 한들 어찌 내 딸 같겠소이까. 도련님, 사정이 이러하오니 깊이 헤아리사이다."

"그런 걱정은 아예 마소. 수백 번 헤아려도 간절하고 굳은 내 마음 한결같으니, 처지는 다를망정 저와 내가 평생 언약을 맺는데 내 어찌 춘향이 사정을 모르겠소? 내 춘향이를 귀히 여기고 한평생 아내로 여길 것이니 청실홍실 늘어 놓고 혼례를 갖추어 만난다 한들 이보다 더 뾰족한 수가 있겠는가. 내 양반집 자식으로 부모님 모시는 처지이나 걱정 마소. 장가 전이라는 것도 걱정 마소. 대장부 한번 먹은 마음 죽을 때까지 변치 않고 저 하나를 아내로 믿고 살 것이니 허락만 하여 주오."

월매는 이 말을 듣고 젖어 드는 두 눈을 깜빡이다가 마음에 찌르르하는 게 있어 한숨을 쉬었다.

"꿈도 이상하더니 이런 일이 생기는가?"

월매는 딸을 불렀다.

부엌에서 행주치마 두르고 팔소매를 걷고 음식 차리느라 돌아치던 춘향이는 이마에 땀방울이 송글송글 솟았다. 음식을 만들면서도 어머니와 이 도령 사이에 어떤 이야기가 오가는지 궁금하기도 하고 가슴이 벌렁대기도 하였다. 한편으로는 도령에게 어찌하면 좋은 음식을 대접할지 애가 탔다.

그때 어머니가 부르는 소리가 들린다. 춘향은 걷어 올렸던 자주색 소매도 내리고 행주치마도 벗고 서둘러 옷매무시를 바로 하고 부용당으로 나아가 어머니 곁에 다소곳이 앉았다. 월매는 눈을 들어 딸을 대견스레 보더니 입을 열었다.

"춘향아, 도련님께서 오늘도 이처럼 찾아오시어 너와 백년가약을 맺자 하시니 네 마음에는 어떠하냐?"

춘향은 금세 붉은 매화처럼 얼굴을 붉히면서 고개를 숙였다. 무슨 대답을 하리오. 기쁨보다도 웃음보다도 더 황홀한 아름다움이 춘향의 온 모습에 피어올랐다. 어머니는 목멘 소리로 한 번 더 춘향을 부른다.

"춘향아!"

도령은 춘향의 아름다움에 정신을 잃으며 그 입에서 무슨 말이 나올까 하고 애가 타서 기다린다.

방자가 댓돌 아래 쭈그리고 앉아 있다가 이 광경을 보고 끼어들었다.

"아주머니도 참 눈치가 없소. 춘향이 마음이 도련님한테 가 있은 지가 언젠데 이제 와서 네 마음이 어떠냐 묻는단 말이오?"

"이 녀석아, 인륜대사가 그리 쉬우냐? 양반님네 믿었다가 우리 모녀 이제껏 눈물로 살아와 그런다."

"우리 도련님은 신의 없는 그런 양반과는 하늘땅만큼 다른 분이시니 그저 이 방자를 믿으시오."

"오냐, 방자 너를 믿자. 호호호."

"하하하."

"허허허."

방자도 도령도 모두 웃으니 부용당에 웃음이 넘친다. 춘향은 섬섬옥수를 들어 방싯 옅은 웃음이 비끼는 것을 가린다.

월매는 향단이를 불러 주안상을 내오라 하였다. 그리고 도령 손을 잡고 다시금 간곡히 말하였다.

"봉이 나매 황이 나고* 장수가 나매 용마가 난다더니, 남원에 춘향이 나매 봄바람에 오얏꽃 피어 도련님을 만나게 되었으니 이 아니 인연이며 이 아니 경사이옵니까. 도련님, 오늘같이 기쁜 날에 육례*를 갖추어 혼례는 못 한다 해도 혼서, 예장, 사주단자 겸하여 마음의 표적으로 글이나 한 장 써 주옵시오."

---

*봉은 봉황의 수컷 황은 봉황의 암컷. 봉황은 중국 전설에 나오는 새로 상서로움을 상징한다.
*육례는 혼인의 여섯 가지 예법. 납채, 문명, 납길, 납폐, 청기, 친영을 이른다.

도령은 선뜻 대답한다.

"그러세. 천지가 밝은 날에 나는 사모관대를 하고 춘향이는 꽃 족두리에 예복 입고 떳떳이 초례청에서 혼례를 못 하고 개구멍 서방처럼 드나드니 가슴이 아프오. 허나 장부의 철석같은 마음이야 다르겠나."

이렇게 대답을 하고 벼루상을 당겨 놓고 벼루에 산호 연적의 물을 따라 먹을 갈아 붓을 들어 먹물을 찍어 종이에 맹세 글 한 수를 썼다.

하늘은 길고 땅은 끝이 없도다.
바다가 말라 돌에 꽃 피도록
장부의 한마디는 변치 않을 맹세라.
천지 온갖 신령은 이 맹세를 지켜볼지어다.

도령이 글을 월매에게 주니 월매는 글을 보며 눈물을 흘린다. 딸 하나를, 불면 날아갈까 만지면 꺼질까 손바닥의 구슬같이 고이 길러 사또 자제 도령과 짝을 맺다니 이보다 더 기쁜 경사가 어디 있겠는가.

"춘향아, 이 글월은 우리 집안의 보배이니 네가 잘 간수해라. 그리고 일편단심으로 도련님을 섬기며 평생 여중군자(덕이 높은 여자)의 행실을 잃지 마라."

월매는 글월을 춘향이에게 주고 안채로 들어간다. 방자도 월매를 따라 안으로 들어가니, 부용당에는 두 사람뿐이다. 도령은 정겨운 눈으로 춘향을 보며 조용히 시로 말하였다.

말없는 꽃 한 송이 비바람을 이겨 내니

달 비낀 부용당에 그 향기 높도다.

세상에 다시없으리 그보다 맑은 향기.

춘향이 역시 조용히 시로 화답하였다.

세월에 피는 꽃은 향기도 한때이오니

어이 한때 사랑 그 향기에 취하리까.

임 향한 일편단심 그 향기를 아끼소서.

이 도령이 뜻깊은 화답에 감탄하여 춘향의 흰 손을 잡으려 하는데, 월매와 향단이 주안상을 내왔다. 주안상을 보니 차림새가 눈부시다.

나주 소반에 정갈한 음식들이 가득하다. 향긋한 산나물이며 들나물에 펄펄 뛰는 숭어찜, 포도동 나는 메추리탕, 동래와 울산 큰 전복을 강계 포수의 눈썹처럼 어슥비슥 저며 놓고, 산적도 구워 놓고, 냉면도 비벼 놓고, 싱그러운 햇김치엔 빨간 고추가 동동 떠 있다.

월매는 아껴 두었던 자하주를 내어 은주전자에 가득 부어, 청동화로 참숯불에 냄비 올려 끓는 물에 주전자를 살살 돌려 알맞추 데워 내어, 술잔을 물 맑은 연못에 연잎 배 띄우듯이 둥덩실 띄워 권하니 도령이 감탄을 금치 못한다.

"여염집 음식이 어찌 이리 훌륭하오?"

"내 딸 춘향이를 곱게 길러 좋은 낭군을 맞이하여 금실 좋고 화목하게 한평생을 살아갈 제, 때때로 찾아오는 영웅호걸 문장들이며 어린 시절 벗님네와 더불어 사랑에서 시도 읊고 글도 짓고 바둑, 장기도 서로 두며 허물없이 즐기면서 밥상이야 술상이야 차려 오라 하실 적에, 아내로서 보고 배우지 못하고서야 어찌 좋은 음식을 차려 내리까. 안사람이 영민치 못하면 바깥양반 낯이 깎이는 법이라. 우리 춘향이에게는 그런 일이 없도록, 아무쪼록 본을 받아 나무랄 데 없는 안사람이 되도록, 돈 생기는 대로 무엇이든 사 모아서 내 손으로 만들어 보이며 눈에도 익히고 손에도 익히게 힘써 가르쳐 오늘 이만치 차렸소. 부족하다 마시고 입맛대로 잡수시오."

월매가 앵무잔에 술 한 잔 가득 부어 권하니, 도령이 잔을 받아 들고 한편으로 감탄하고 한편으로 탄식하며 춘향을 보고 말하였다.

"오늘 이 자리를 내 마음대로 한다면, 예절을 갖추어 상 위에 기러기도 놓고 너를 신부로 맞을 터이나 그러지 못하니 원통한 일이구나. 허나 춘향아, 우리 둘이 철석같이 굳은 언약을 놓고 이 술을 합환주*로 알고 함께 먹자꾸나."

도령은 술잔을 들어 조금 마신 뒤에 술 한 잔 부어 들고 춘향이에게 또 말한다.

"첫 잔은 인사 술이요, 둘째 잔은 우리 둘이 마시는 동배주*다. 이 술

---
* 합환주는 혼례식에서 신랑 신부가 서로 잔을 바꾸어 마시는 술.
* 동배주는 술잔 하나로 같이 마시는 술. 신랑과 신부가 함께 마시는 술을 이르는 말.

은 다른 술이 아니라 사랑의 뿌리가 담긴 술이다.

　우리 둘이 만난 연분, 백년가약 맺은 연분은 중하고 또 중하여 천년이 가도 변치 않으리라. 대대로 자손 번성하여 손자들을 무릎 위에 앉혀 놓고 죄암죄암 달강달강 자손 복을 누리면서 백 살까지 살다가 한날한시에 마주 누워 먼저 나중 없이 죽으면, 우리 연분 천하에 제일가는 연분 되리라."

도령이 술을 좀 마시고 그 잔을 춘향에게 주니 춘향이 잔을 받아 입에 좀 대었다가 상 위에 놓는다. 도령은 다른 잔에 술을 가득 부어 월매에게도 권한다.

"장모, 경사 술인데 한잔 드소."

술잔을 받아 들고 월매는 기쁜 마음과 함께 슬픈 생각을 금치 못한다.

"오늘이 내 딸의 백년고락을 도련님께 맡기는 날인데 무슨 슬픔이 있겠소마는, 저것을 아비 없이 섧게 길러 오늘 기쁜 일을 맞고 보니 지난날이 생각나고 영감 생각도 절로 나서 서글프오."

"지난날 생각 말고 기쁜 날에 술이나 어서 드소."

도령은 월매를 위로하였다. 월매는 도령에게 술과 음식을 권하면서 자기도 두세 잔 즐거이 마셨다.

　이때 방자는 비위 좋게 안채 부엌으로 들어가서 향단이더러 술을 한잔 달라고 졸라댔다.

"향단아, 생각해 봐라. 오늘 이 경사가 뉘 덕인데 이 방자님을 괄시한단 말이냐?"

향단이는 어이없다는 듯 눈을 흘겼다.

"아이고, 별소리를 다 한다. 지난번 도련님 모시고 왔을 때도 밥알이 동동 뜬 찹쌀막걸리를 세 사발이나 주었는데 괄시를 하다니."

"그때는 그때고 오늘로 보면 제일 먼저 술잔 받을 사람이 난데 제일 꼬래비로 돌리니 하는 말이다."

"아니, 네가 뭘 했다고 제일 먼저냐?"

"이제 그 내력을 말할 터이니 우선 아무 술이나 한잔 먹자."

향단이는 자그마한 육모 소반에 안주 몇 접시와 술 한 사발, 맛있는 꿀 설기도 한 접시 놓아 주었다.

방자는 술 한 사발을 단숨에 마시더니 묻는다.

"이게 무슨 술이냐? 맛이 괜찮구나."

"황해도 해주의 박문주라는 거야."

"박문주라, 몇 잔 더 다오. 나는 이렇게 향단이 네가 주는 술 한잔 마시는 게 제일 좋다. 그래, 오늘 도련님과 춘향이가 동배주를 들게 된 것이 뉘 덕이냐 말이다."

"그거야 뭐 첫째는 춘향 아씨 덕이고, 둘째는 도련님 덕이고, 셋째는 마님 덕이지."

"아니다. 첫째가 이 방자 덕이다. 왜 그런고 하니, 오월 단오 봄철도 좋은 날에 도련님 모시고 광한루로 나간 것이 바로 이 방자요, 도련님께 춘향이 자랑을 한 것도 이 방자요, 도련님 모시고 춘향이 집에 찾아온 것도 이 방자요, 도련님과 춘향이 사이에 오가는 편지를 전한 것도 이 방자란 말이다.

　이런 방자를 너부터 몰라주니 섭섭하다. 그리고 섭섭한 일이 그것만도 아니다."
"아니, 뭐가 그리 섭섭한 일이 많으냐?"
"나는 네 마음이 어질고 착한 걸 잘 안다. 허지만 네가 내 말을 귀담아 듣지 않으니 속이 탄단 말이다."
"그건 또 무슨 말이냐? 밥 달라면 밥 주고 술 달라면 술 주는데."
"사람이란 밥이나 술만 먹고 사는 게 아니지. 사랑도 있고 정도 있고 의리도 있는 것인데, 향단이 네가 내 마음을 조금도 몰라주니 섭섭하단 말이다."
"어마나, 네가 정말 취했나 보다."
"우리 두 사람 사이에는 거칠 것도 없고 걸리는 것도 없다. 날이 가고 달이 가도 변치 않겠다는 다짐이나 증서를 쓸 것도 없다. 그저 네가 한마디 대답만 해 주면, 없는 살림 없는 대로, 천한 사람 천한 대로 신랑 신부 마주 서서 절을 하고, 아들딸 많이 낳으라고 네 치마폭에 대추나 여남은 알 던지면, 늙으신 우리 외할머니가 얼마나 기뻐하시겠느냐? 이제라도 어서 대답을 해 다오."
　방자는 취한 듯하였다.
　이때 방자를 찾는 소리가 들려와 꿈에서 깬 듯 정신을 차려 살펴보니 어느새 월매가 향단이와 함께 주안상을 물려 내온다.

"방자야, 이제 너희 차례니 마음껏 먹어라."

월매가 좋은 술 좋은 안주를 그대로 주었다.

얼마나 좋은 밤인가!

사랑 사랑 내 사랑이야

월매는 대문 중문 닫고 향단이 시켜 초당 방 안에 산수 병풍을 치고 원앙을 수놓은 이불과 베개를 놓고 머리맡 나비 촛대에 불 밝히고 샛별 같은 놋요강이며 놋대야에 물까지 떠 놓아 자리를 깨끗이 한 뒤 도령에게 인사를 하였다.

"도련님, 편안히 쉬사이다."

도령은 처음 당하는 일이라 어찌 대답을 해야 할지 몰라 어물거리는데, 월매가 향단에게 이른다.

"향단아, 너는 나하고 안에 들어가 자자."

그러고는 안으로 들어간다.

초당에는 춘향이와 이 도령만이 마주 앉아 잠시 말이 없다. 달빛만 고요히 흘러들고 바람은 꽃향기를 가볍게 실어 오는데 뜰아래 파초 잎에서는 맑은 이슬방울이 굴러 떨어진다. 도령은 춘향이 곁으로 가까이 가서 그림 속 선녀처럼 앉아 있는 춘향이 손을 담쏙 잡았다.

"춘향아! 나는 이 세상에 나서 오늘처럼 기쁜 날이 없다."

"앞으로 더 기쁜 날이 있을지 아오이까?"

"과거에 급제하여 높은 벼슬에 오른다 해도 오늘처럼 기쁘지는 않으리라. 사랑이 무엇인지 알 것 같으면서도 모르겠구나. 말 좀 하여라."

"도련님도 모르시는 것을 제가 어찌……."

말을 채 맺지 못하고 방싯 웃으며 숙이는 그 얼굴이 얼마나 아름다운지, 도령은 춘향의 아름다움에 취해 황홀하다. 깊어 가는 밤과 함께 두 사람의 사랑도 깊어 간다.

노을을 받으면서 삼각산 제일봉에 학이 춤추는 듯 두 활개를 예굽듯이 들고 춘향의 고운 두 손을 받들듯이 마주 잡고 조심스레 옷을 벗기려다 두 손길 썩 놓더니 춘향이 가는 허리를 담쏙 안는다.

"치마를 벗어라."

춘향이가 처음 일일 뿐 아니라 부끄러워 고개를 숙이고 이리 곰실 저리 곰실 몸을 트는데, 푸른 물에 붉은 연꽃이 고운 바람 만나 굼실대는 듯싶다. 도령이 치마를 벗겨 제쳐 놓고 속바지, 단속곳 벗길 적에 춘향과 무한히 실랑이한다. 이리 굼실 저리 굼실 동해 청룡이 굽이를 치는 듯하다.

"아이고, 놓아요. 좀 놓아요."

"에라, 안 될 말이로다."

실랑이하면서 옷끈 끌러 발가락에 딱 걸고서 춘향을 꼭 안고 지그시 누르며 기지개를 켜니 춘향이 속곳이 발길 아래 떨어진다. 옷이 활딱 벗겨지니 백옥이 희기로 이보다 더할쏘냐. 도령이 춘향이가 어찌 하는지 보려고 살그미 놓아준다.

"아차차, 손 빠졌다."

춘향이가 얼른 이부자리 속으로 달려든다. 도령 왈칵 쫓아 들어 누워 저고리를 벗겨 내어 도령 옷과 한데다 둘둘 뭉쳐 한쪽 구석에 던져두고, 둘이 안고 마주 누우니 그대로 잘 리가 있나. 삼베 이불 춤을 추고 샛별 요강은 장단 맞추어 청그릉 징징, 문고리는 달랑달랑, 등잔불은 가물가물 맛있게 잘 자고 났구나. 그 가운데 재미난 일이야 오죽하랴.

하루 이틀 지나가니 부끄러움도 차차 없어지고 서로 농담도 하며 우스운 말도 하게 되니 주고받는 말들이 자연 사랑가가 되었더라.

사랑 사랑 내 사랑이야.

금강산 상상봉의 구름같이 높은 사랑

푸른 물결 천리만리 동해같이 깊은 사랑

총석정* 가을밤에 달빛같이 밝은 사랑

너울너울 춤출 적에 퉁소 불어 묻던 사랑

명사십리 해당화나 연연히* 고운 사랑

꽃잎 위에 맺혀 있는 이슬같이 맑은 사랑

초승달 희미한데 수줍은 듯 웃는 사랑

* 총석정은 강원도 통천군 바닷가에 있는 정자. 관동 팔경의 하나로, 주위에 여러 개의 돌기둥이 바다 가운데에 솟아 있어 절경을 이룬다.
* '연연하다'는 아름답고 어여쁘다는 뜻.

달 아래 삼생* 연분 너와 나와 만난 사랑

도령이 부르는 사랑가에 춘향이도 함께 부른다.

봄비 맞은 꽃잎인가 펑퍼지고 연한 사랑
시냇가 버들인가 청처지고 늘어진 사랑
연평 바다 그물인가 얽히고 맺힌 사랑
은하 직녀 짠 베인가 올올이 이은 사랑

청루 미녀 비단 이불 솔기마다 감친 사랑
남북 곳간 곡식같이 담뿔담뿔 쌓인 사랑
꽃이슬 봄바람에 넘노나니 벌 나비 꽃 물고 즐긴 사랑
푸른 물 맑은 강에 원앙처럼 마주 둥실 노는 사랑
어허둥둥 내 사랑이야.

칠월칠석 오작교에 견우직녀 만난 사랑
육관 대사 성진이가 팔선녀를 만난 사랑*
오막살이 온달님이 평강공주 만난 사랑
고구려의 호동님이 낙랑공주 만난 사랑

* 삼생은 전생, 현생, 내생을 함께 이르는 말.
* 성진과 팔선녀는 김만중이 쓴 소설 《구운몽》의 주인공들.

천금같이 귀한 사랑

우리 둘이 만난 사랑

어이 진작 못 만났던고.

어허둥둥 내 사랑이야.

"여봐라, 춘향아 저리 가거라. 가는 태도를 보자. 이만큼 오너라. 오는 태도를 보자. 빵긋 웃고 아장아장 걸어라. 걷는 태도를 보자.

너와 나와 만난 사랑, 연분을 팔자 한들 팔 곳이 어데 있어. 생전 사랑 이러하니 어찌 사후 기약 없을쏘냐.

너는 죽어 될 것 있다. 너는 죽어 글자 되되 따 지(地), 그늘 음(陰), 아내 처(妻), 계집 녀(女) 변이 되고, 나는 죽어 글자 되되 하늘 천(天), 하늘 건(乾), 지아비 부(夫), 사내 남(男), 아들 자(子) 몸이 되어, 계집녀 변에다 딱 붙이면 좋을 호(好) 자로 만나 보자. 사랑 사랑 내 사랑.

또 너 죽어 될 것 있다. 너는 죽어 물이 되되 은하수, 폭포수, 창해수, 청계수, 옥계수 기나긴 강 그만두고, 칠년대한 가물 때도 철철 넘치는 음양수란 물이 되고, 나는 죽어 새가 되되 두견새도 되지 말고, 신선 연못 해와 달 속에 노닐던 청조, 청학, 백학이며 대붕 새도 되지 말고, 쌍쌍이 오락가락 떠날 줄 모르는 원앙이란 새가 되어, 푸른 물 원앙처럼 어화둥둥 떠 놀거든 나인 줄 알려무나. 사랑 사랑 내 사랑이야."

"아니, 나 그것 아니 될라요."

"그러면 너 죽어 될 것 있다. 너는 죽어 경주 인경*도 되지 말고 전주 인경도 되지 말고 송도 인경도 되지 말고 장안 종로 인경 되고, 나는 죽어 인경 망치 되어 삼십삼천 이십팔수 따라 길마재 봉화 세 자루 꺼지고 남산 봉화 두 자루 꺼지면, 인경 첫 마디 그저 뎅뎅 칠 때마다 다른 사람 듣기에는 인경 소리로만 알아도 우리 속으로는 춘향 뎅 도련님 뎅 하며 만나 보자꾸나. 사랑 사랑 내 사랑이야."

"아니, 그것도 나는 싫소."

"그러면 너 죽어 될 것 있다. 너는 죽어 명사십리 해당화 되고 나는 죽어 나비 되어, 나는 네 꽃송이 물고 너는 내 수염 물고, 봄바람 건듯 불거든 너울너울 춤을 추며 놀아 보자.

사랑 사랑 내 사랑이야. 이리 보아도 내 사랑, 저리 보아도 내 사랑. 사랑이 모두 내 사랑 같으면 사랑 걸려 살 수 있나. 어화둥둥 내 사랑, 내 예쁜 내 사랑이야. 방긋방긋 웃는 것은 꽃 중 왕모란꽃이 하룻밤 가랑비 내린 뒤에 반만 피려 한 듯 아무리 보아도 내 사랑 내 기쁨이로구나.

그러면 어쩌잔 말이냐. 너와 나와 정 깊으니 정 자로 놀아 보자. 음을 맞춰 정 자 노래나 불러 보세."

"들읍시다."

"내 사랑아, 들어라. 너와 나와 유정하니 어이 아니 다정하리. 그윽

---

* 인경은 통행금지를 알리거나 해제하기 위하여 치던 종.

이 흐르는 긴 강물에 멀고 먼 나그네 정, 다리에서 서로 보내지 못하니 강가 나무에 맺힌 이별의 정, 보지 않은 이 없네 보내는 이내 정, 한 태조의 희우정, 삼정승 육판서 백관 모두 모인 조정, 도량 청정, 각시 친정, 친구 사이 오가는 정, 난세 평정, 우리 둘이 천 년 인정, 달 밝고 별 드문 소상강 동정, 세상 만물 조화정, 근심 걱정, 관에 올린 소장 억울한 사정, 주어서 인정, 음식 투정, 복 없는 저 방정, 송정(송사를 처리하는 곳), 관정(관가 뜰), 내정(안 뜰), 외정(바깥 뜰), 애송정, 천하 한량들 활 겨루는 천양정, 양귀비 놀던 침향정, 순임금 두 부인의 소상정, 한송정, 온갖 꽃이 흐드러진 호춘정, 기린봉에 달이 솟아 백운정. 너와 내가 만난 정, 한번 정한 정을 말하면 내 마음은 원형이정 네 마음은 한마음 의지하는 정, 이같이 다정하다가 정이 깨어지면 끊어진 정에 분하고 원통할 마음 걱정되니 진정으로 원정(사정을 하소연함)하잔 그 정 자다."

춘향이 좋아라 한다.

"정 속은 참 깊으오. 우리 집 재수 있게 경이나 좀 읽어 주오."

이 도령 허허 웃는다.

"그뿐인 줄 아느냐. 또 있지. 이번에는 궁 자 노래를 들어 보아라."

"얄궂고 우습다. 궁 자 노래가 무엇이오?"

"네 들어 보아라, 좋은 말이 많으니라.

좁은 천지 열리는 개태궁, 천둥 벼락 비바람 속에 서기 어린 해, 달, 별빛 풀려 있어 장엄하다 창합궁, 성덕이 넓으사 친히 굽어 살피시니 어인 일인고, 술로 만든 못에 손님이 구름처럼 넘쳐나던 은왕(중국 은나라 주왕)의 대정궁, 진시황의 아방궁, 천하를 얻느냐 물으실 적 한태조 함양궁, 그 곁에 장락궁, 반첩여가 눈물 흘리던 장신궁, 당 명황제(중국 당나라 현종) 양귀비와 노시던 상춘궁, 이리 올라 이궁, 저리 올라서 별궁, 용궁 속에 수정궁, 월궁(전설에 달에 있다는 궁전) 속에 광한궁, 너와 나와 합궁하니 한평생 무궁이라. 이 궁 저 궁 다 버리고 네 양다리 사이 수룡궁에 내 힘줄 방망이로 길을 내자꾸나."
춘향이 반만 웃으며 말한다.
"그런 잡담은 마시오."
"잡담 아니로다. 춘향아, 우리 둘이 업음질이나 하여 보자."
"애고, 참 상스러워라. 업음질을 어떻게 해요?"
도령은 업음질 여러 번 한 성싶게 말한다.
"업음질이 천하에 쉽지. 너와 내가 활씬 벗고 업고 놀고 안고도 놀면 그게 업음질이지."
"애고, 나는 부끄러워 못 벗겠소."
"에라, 요 계집애야, 안 될 말이로다. 내 먼저 벗으마."
버선, 대님, 허리띠, 바지저고리 활씬 벗어 한쪽 구석에 밀쳐놓고 우뚝 서니 춘향이가 보고 빵긋 웃으며 돌아서다 말한다.
"영락없는 낮도깨비 같소."
"오냐, 네 말이 옳다. 세상에 짝 없는 게 없느니라. 두 도깨비 놀아 보자."

"그러면 불이나 끄고 노사이다."

"불이 없으면 무슨 재미냐? 어서 벗어라, 벗어."

"애고, 나는 싫어요."

도령이 춘향이 옷을 벗기려고 넘놀면서 어른다. 겹겹이 깊은 산 늙은 범이 살진 암캐를 물어다 놓고 이가 없어 먹지는 못 하고 흐르릉 흐르릉 아웅 어르는 듯, 북해 흑룡이 여의주를 입에다 물고 오색구름 속에 넘노는 듯, 단산 봉황이 대나무 열매 물고 오동나무 사이를 넘노는 듯, 깊은 못 한가로운 학이 난초를 물고서 오동나무 소나무 사이를 넘노는 듯, 춘향이 가는 허리를 휘감아 담쏙 안고 기지개 아드득 떨며 귓밥도 쪽쪽 빨며 입술도 쪽쪽 빨면서 주홍 같은 혀를 물고, 오색단청 순금장 안에 쌍쌍이 오가는 비둘기같이 꿍꿍꿍꿍 으흥거리며 뒤로 돌려 담쏙 안고 젖을 쥐고 발발 떨며 저고리, 치마, 바지, 속곳까지 활씬 벗겨 놓으니 춘향이 부끄러워 한쪽으로 돌아앉는다. 이 도령이 답답하여 춘향을 가만히 살펴보니 얼굴이 붉어지고 이마에 구슬땀이 송실송실 앉았구나.

"애 춘향아, 이리 와 업혀라."

춘향이 부끄러워하니 이 도령이 말한다.

"부끄럽기는 무에 부끄러워? 어서 와 업혀라."

이 도령은 춘향을 업어 끙 하고 추킨다.

"어따, 그 계집애 똥집 꽤나 무겁구나. 네가 내 등에 업히니 마음이 어떠하냐?"

"한껏 좋소."

"좋냐?"

"좋아요."

"나도 좋다. 내가 좋은 말을 할 터이니 너는 대답만 하여라."

"대답할 테니 말씀하여 보옵소서."

"네가 금이지?"

"금이라니 당치 않소. 초한 시절 진평이가 범 아부를 잡으려고 황금 사만을 흩었으니* 금이 어이 남았으리까."

"그러면 네가 옥이냐?"

"옥이라니 당치 않소. 만고 영웅 진시황이 형산에서 옥을 얻어 옥새 만들어 대대로 전하였으니 옥이 어이 되오리까."

"그러면 네가 무엇이냐? 해당화냐?"

"해당화라니 당치 않소. 명사십리 아니어든 어찌 해당화가 되오리까."

"그러면 네가 무엇이냐? 호박이냐, 진주냐?"

"아니, 그것도 당치 않소. 삼정승 육판서 대신 재상 팔도 방백(도의 으뜸 벼슬) 수령님네 갓끈 풍잠(망건의 앞쪽 장식) 다 만들고 남은 것은 곳곳에 제일가는 기생 가락지 숱하게 만들었으니 호박, 진주 더는 없다오."

"네가 그러면 대모(거북 껍데기), 산호냐?"

* 범 아부는 중국 초나라 항우의 신하 범증을 이른다. 한나라 승상 진평이 항우와 범증 사이를 이간하려고 황금 사만 근을 써서 둘 사이를 갈라 놓았다.

"아니, 그것도 내 아니오. 대모는 큰 병풍 만들고, 산호로 난간 만들어 용궁 상량문에 수궁 보물 되었으니 대모, 산호도 당치 않소."

"네가 그러면 반달이냐?"

"반달이라니 당치 않소. 오늘 밤이 초하루 아니어든 푸른 하늘 밝은 달 내가 어찌 기울일까."

"네가 그러면 무엇이냐? 날 홀려 먹는 불여우냐? 네 어머니 너를 낳아 곱디곱게 길러 내어 나를 홀려 먹으라 하더냐?

사랑 사랑 내 사랑이야. 네가 무엇을 먹으려느냐? 생밤 찐 밤을 먹으려느냐? 둥글둥글 수박 꼭지를 칼로 도려내고 강릉 꿀을 두루 부어 은 숟가락으로 붉은 점 한 점을 먹으려느냐?"

"아니, 그것도 내사 싫소."

"그러면 무엇을 먹으려느냐? 시금털털 개살구를 먹으려느냐?"

"아니, 그것도 내사 싫소."

"그러면 무엇을 먹으려느냐? 돼지 잡아 주랴, 개 잡아 주랴? 내 몸을 통째로 먹으려느냐?"

"도련님, 내가 사람 잡아먹는 것 보았소?"

"에라 요것, 안 될 말이로다. 어화둥둥 내 사랑이지. 얘, 그만 내리려무나. 세상일에는 다 품앗이가 있느니라. 내가 너를 업었으니 너도 나를 업어야지."

"애고, 도련님은 기운이 세서 나를 업었지만 나는 기운 없어 못 업겠소."

"업는 수가 있느니라. 나를 등에 추켜 업으려 말고 발이 땅에 닿을락 말락 처진 듯하게 업어 다오."

춘향이 이 도령을 업고 툭 추키니 대중이 틀렸네.

"애고, 잡상스러워라."

이리 흔들 저리 흔들 맞춰 본다.

"내가 네 등에 업히니 마음이 어떠하냐? 나도 너를 업고 좋은 말을 하였으니 너도 나를 업고 좋은 말을 해야지."

"좋은 말을 하오리다. 들으시오.

옛날 재상 부열을 업은 듯, 강태공을 업은 듯*, 가슴에 큰 지략 품었으니 온 나라에 이름 떨치는 대신 되어 기둥 같은 신하, 나라 지키는 충신 모두 헤아리니, 사육신을 업은 듯, 생육신을 업은 듯, 일 선생, 월 선생, 고운 선생 최치원*을 업은 듯, 정송강을 업은 듯, 충무공을 업은 듯, 송우암(송시열), 이퇴계(이황)를 업은 듯. 내 서방이지, 내 서방. 참되고 굳센 내 서방.

진사 급제 단번에 곧바로 부임하여 한림학사 보란 듯이 된 뒤에 부승지, 좌승지, 도승지로 당상관 되어 팔도 방백 지낸 뒤 내직으로 올라와 각신, 대교, 대제학, 대사성, 판서, 좌상, 우상, 영상, 규장각 하신 뒤에 내직이 삼천이요 외직이 팔백인데 기둥 같은 신하, 내 서방, 알뜰 간간 내 서방이지."

* 부열은 중국 은나라의 어진 재상. 강태공은 중국 주나라 문왕을 도와 주나라를 세운 태공망.
* 최치원(857~908)은 통일신라의 학자이자 문인.

"춘향아, 우리 말 놀음이나 해 보자."

"참 우스워라. 말 놀음이 무엇이오?"

이 도령은 말 놀음 많이 해 본 성부르게 말한다.

"천하에 쉽지. 너와 내가 벗은 김에 너는 온 방바닥을 기어 다녀라. 나는 네 궁둥이에 딱 붙어서 네 허리를 잔뜩 끼고 볼기짝을 내 손바닥으로 탁 치면서 '이랴' 하거든 '호홍' 거려 팽팽히 감겼던 연줄 풀리듯 물러서며 뛰어라. 야무지게 뛰면 탈 승(乘) 자 노래가 있느니라.

타고 놀자, 타고 놀자. 헌원씨*는 무기 잘 쓰고 바람과 비를 부려 큰 안개 지어 탁록 들에서 치우를 사로잡아 승전고 울리면서 수레를 높이 타고, 하우씨*는 구 년 홍수 다스릴 제 육지로 가는 수레 높이 타고, 적송자 구름 타고, 여동빈* 백로 타고, 이태백 고래 타고, 맹호연 나귀 타고, 태을선인 학을 타고, 중국 황제 꾀꼬리 타고, 우리 전하는 연(임금의 가마)을 타고, 삼정승은 평교자(당상관의 가마) 타고, 육판서는 초헌(종이품 이상 벼슬아치의 가마) 타고, 훈련대장은 수레 타고, 고을 수령은 독교(말 한 마리가 끄는 가마) 타고, 남원 부사는 별연 타고, 해 저문 장강 늙은 어부 조각배 타고.

나는 탈 것이 없으니 오늘 밤 삼경 깊은 밤에 춘향이 배를 넌짓 타고 홑이불로 돛을 달아 내 연장으로 노를 저어 오목 섬을 들어가되,

---

* 헌원씨는 중국 고대 전설의 왕. 황제(黃帝)라고도 한다.
* 하후씨는 중국 하나라 우임금.
* 여동빈은 중국 당나라 사람으로 도교 팔선 가운데 한 명.

사랑 사랑 내 사랑이야

순풍에 음양수를 시름없이 건너갈 제, 말을 삼아 탈 양이면 걸음걸이 없을쏘냐. 마부는 내가 되어 네 고삐를 넌지시 잡으리니, 너는 성큼성큼 걸어라. 말이 뛰듯 뛰어라."

온갖 장난을 다 하고 보니 이런 장관이 또 있으랴. 이팔청춘 둘이 만나 미친 마음 세월 가는 줄 모르더라.

참으로 나를 두고 가시려오

어느덧 세월은 흘러 부용당 뜰에 나뭇잎 지고 연못가에는 노란 국화 하얀 국화 피어 향기 그윽하고 쓸쓸한 바람은 옷깃에 스며들어 따스한 품이 더욱 그리운 때다.

이 도령은 사또가 몹시 엄하여 저녁에 와서는 밤중이나 새벽에 가곤 하였다. 두 사람 마음은 늘 아쉽고 안타까웠다.

그리하여 도령은 가을밤에 시를 썼다.

가을은 밤이 길다 뉘라서 말하였나.
길고도 짧은 것이 가을밤인가.
아마도 사랑이 깊어 그러한가 하노라.

이렇듯 밤을 보내고 또 기다리는 어느 날, 아버지가 있는 동헌이 조용하여 일찍 춘향이 집으로 갔다. 춘향이와 다정히 앉아 어몽룡*이 그린

---
* 어몽룡(1566~1617)은 조선 중기의 화가로 매화를 잘 그렸다.

'달밤의 매화'를 놓고 그림 솜씨에 감탄하며 '붉은 매화' 한 폭을 그리고 있는데, 뜻밖에 방자가 찾아와 급히 부른다.

"도련님, 사또께서 부르시옵니다."

"무슨 일이 생겼느냐?"

"서울서 사람이 내려왔는데 동헌이 벌컥 뒤집히고 상방에선 도련님 찾아오라 불벼락이 떨어졌소이다."

도령은 춘향을 안심시키고 곧 방자를 따라갔다.

동헌에서는 사또가 갑자기 서울로 올라가게 되어 채비를 하는데, 말 맡은 관속 불러 분부 내리고, 창고지기 불러 쌍가마 꾸미도록 하고, 사령 두목 불러 각 방에서 하던 일들 허실 없이 마무리하도록 명령하고, 그중에 이방 불러 문서 정리 각별히 잘하도록 분부한 다음, 통인을 불러 도령을 찾게 하였다.

그때서야 도령은 상방으로 불려 들어갔다. 아버지는 성난 목소리로 꾸짖었다.

"너 어딜 돌아다니느냐?"

"광한루 나갔다 왔나이다."

"광한루도 한두 번이지. 내 들으니 밖에서 괴이한 말이 도는 듯한데 그게 참말이냐?"

"방에서 공부만 하는 제게 무슨 괴이한 말이 있겠나이까?"

"어쨌든 양반집 자식이 집안에 경사가 있는 것도 모르고 돌아다니니 될 말이냐?"

"짐작은 하오나 무슨 경사이옵니까?"

"이 아비가 동부승지(승정원에 속한 정삼품 벼슬)로 영을 받아 내직으로 올라가게 되었으니 이런 경사가 있느냐? 문서와 장부들을 두루 정리하고 내 곧 올라갈 터이니 너는 어머니를 모시고 내일 떠나도록 하여라."

도령은 아버지 말씀을 들으니 한편 반가우나 춘향을 생각하니 정신이 아찔하고 가슴이 답답해지며 온몸에 맥이 풀리고 간장이 녹는 듯하다. 두 눈으로 더운 눈물이 솟아올라 고개를 푹 숙이며 아버지께 여쭈었다.

"아버님 먼저 행차하시면 제가 뒷일을 보살피고 올라가겠나이다."

"아니다. 너는 바삐 행장을 차려 내일 오전으로 떠나도록 하여라."

도령은 겨우 대답하고 무거운 발길로 책방으로 돌아왔다. 후배사령이 방 안에서 책들을 모두 안아 내다가 마루에 놓인 궤짝에 집어넣는다. 도령은 눈에서 불이 난다.

"누가 너더러 행장을 꾸리라 하더냐?"

"대부인 마님께서 분부하셨소이다."

이때 어머니가 나와 도령을 데리고 안방으로 들어갔다.

"몽룡아, 이리 좀 앉아라. 집안에 큰 경사가 났는데 너는 무슨 일로 그렇듯 화를 내며 슬퍼하느냐? 밤마다 자주 나가더니 무슨 일이 있었느냐? 어서 말을 해라."

"어머니······."

도령은 말도 하기 전에 목이 메고 눈물이 쏟아졌다. 어머니에게 춘향이 이야기를 숨김없이 다 하고는 말하였다.

"어머니, 춘향이는 제게 백 년을 허락하였고 저는 천만년 변치 않을 맹세를 했나이다. 이런 춘향이를 여기 두고 어찌 저만 떠난단 말입니까? 사람의 도리로 어찌 그럴 수 있나이까?"

허나 어머니의 목소리는 단호하였다.

"네가 양반집 자식으로 기생 딸과 백년가약을 했단 말이냐?"

"못 한단 법이 있나이까?"

"양반집 자식이 장가도 들기 전에 그런 말이 나면 네 신세도 망치고 집안도 망치느니라."

도령은 춘향이 됨됨이며 뛰어난 재질, 아름다운 덕행을 들어 두번 세번 간청해 보았으나 꾸중만 실컷 들었다.

도령은 눈앞이 캄캄했다. 밤을 기다려 춘향이 집으로 나오는데 설움으로 기가 막히나 길에서 소리 내어 울 수도 없고 참자 하니 오장이 두부찌개 끓듯 한다.

어이하랴, 춘향이를 데려갈 수도, 두고 갈 수도 없다. 데려가자니 부모의 영이 엄하고, 두고 가자니 춘향이 마음을 어찌 달래며 잠시나마 어찌 떨어져 살 수 있으랴. 도령은 천 근같이 무거운 발길을 옮겼다.

이때 춘향은 초당 마루 한옆에 베틀을 놓고 고운 명주를 짜고 있었다. 오늘은 짤그닥 짱짱, 짤그닥 짱짱 하는 북 바디 소리가 왜 그리 서글픈가. 도련님이 상방의 부르심을 받아 들어가신 뒤 하루해가 다 저무는데도 아니 오신다. 오동잎 설레는 바람결 소리는 멀리 하늘에 사무쳐 들리고 기러기 울음소리 서글프게만 들리누나.

춘향은 홀로 시를 읊었다.

가을은 밤이 길다 뉘라서 일렀던가.
임 그리운 밤에는 길고도 더 길어라.
가을밤 길고 짧음은 임의 탓인가 하노라.

바람이 불어 가랑잎 하나가 부용당 마루에 떨어지니 도련님 생각이 절로 나고, 문밖에 무슨 소리만 나도 도련님인가 가슴이 설렌다.

'서울에서 선전관이 내려왔다는데 관가에 무슨 일이 생겼는가.'

어지러운 마음을 스스로 달래기도 하고 꾸짖기도 하는데 밖에 나갔던 향단이가 들어왔다.

"아씨, 기쁜 소식이오."

향단이는 아씨가 묻기도 전에 밖에서 들은 소식을 말하였다. 조정에서 교지가 내려 사또 벼슬이 높아져 서울로 올라가게 되었으니 도령도 올라가게 될 거라는 것이었다. 도령이 서울로 올라가면 마님도 자기도 서울 가게 될 거라고 향단이는 무척 기뻐한다.

"아씨, 대부인 행차가 곧 떠난다는 소문도 있사와요."

"뭐 벌써?"

춘향은 놀랐다.

"마님께 여쭈어 우리도 올라갈 채비를 해야 하지 않소?"

향단이는 기쁨에 들떠 서두른다. 춘향은 다시 향단이 손을 잡고 이른다.

"향단아, 아직 어머니께는 말씀드리지 마라. 도련님 오시면 의논해서 하자꾸나."

"알았소."

"향단아, 난 동기간도 없는 외로운 몸이다. 어딜 가나 네가 내 곁에 있으면 좋겠다."

"죽을 때까지 아씨 곁을 떠나지 않겠사와요."

"고맙긴 하지만 너도 이젠 시집가야지. 좋은 신랑을 맞도록 하자."

"아씨는 별소리를 다 하시오. 호호."

향단이는 안채로 들어간다. 바람은 또 쓸쓸히 불어 부용당 뜰에 가랑잎이 떨어진다.

"도련님은 왜 안 오시나?"

춘향은 또 도련님 생각에 잠긴다. 도련님을 따라가면 서울 살림을 하며 도련님 과거 공부도 도와드릴 수 있고, 도련님이 과거에 장원 급제하시어 머리에 어사화 꽂고 몸에 예복 입고 풍악 소리 하늘에 둥덩실 띄우고 집으로 돌아오시면, 그 호화찬란한 모습을 장안 대로의 사람들이 온갖 말로 기리며 감탄할 광경을 볼 터이니 얼마나 좋으랴.

춘향이 이런 생각을 하며 앞일을 헤아리는데 문득 문소리가 나며 이 도령이 들어왔다. 한데 도령의 모습이 어찌나 맥이 없고 초라해 보이는지 춘향은 맨발로 달려 내려갔다. 도령을 부축하며 마루 위로 오르니 도령은 참았던 울음이 왈칵 통째로 터지는지 기둥을 잡고 어깨를 들먹이며 우는구나.

"애고, 이게 웬일이오? 안에서 꾸중을 들으셨소? 길에서 무슨 분한 일을 당하셨소? 서울서 사람이 내려왔다더니 집안사람 누가 돌아가셨소?"

춘향은 더욱 놀라, 도령을 쓸어 만지며 치맛자락을 걷어잡고 도령 얼굴에 흐르는 눈물을 이리 씻고 저리 씻어 주며 위로하였다.

"울지 마오. 울지 마오."

울음이란 게 말리는 사람이 있으면 더 우는 법이어서 도령은 더욱 서럽게 운다. 춘향이 안타까워 도령을 잡아 흔들었다.

"도련님, 그만 울고 어서 말을 하오, 무슨 일인지."

"사또께옵서 동부승지로 벼슬이 오르셨단다."

춘향이 기뻐하며 말한다.

"도련님 댁의 경사이온데 무슨 일로 운단 말이오?"

"너를 두고 가게 되니 내 아니 답답하냐."

춘향은 놀라지도 않고 오히려 도령을 위로하며 생각한 바를 차근차근 말하였다.

"언제는 남원 땅에서 평생 사실 줄 아셨소? 나와 함께 떠나기를 어찌 바라리까. 도련님 먼저 부모님 모시고 올라가시면 나는 여기 살림 뒷거둠을 한 다음 올라갈 터이니 아무 걱정 마시오. 내 말대로 하면 거북하지도 않고 좋을 것이니 너무 상심 마시오."

"……."

"이제 내가 올라가더라도 어머니 모실 집은 따로 있어야겠으니, 도련님 댁 가까이 자그마한 집이나 하나 마련해 주시면 우리 어머니가 얼마나 기뻐하시리까."

"다 좋은 생각이다만 딱한 일이구나. 네 말을 사또께는 꺼내지도 못하고 어머님께 여쭈었더니, 양반집 자식이 부모 따라 시골에 왔다가 장가도 들기 전에 기생 딸을 데리고 간다는 소문이 나면 앞길에도 좋지 않고 벼슬도 못 한다고 꾸중만 들었다. 그러니 어쩔 수 없이 이별이 되겠구나."

이 말을 들더니 춘향이 얼굴이 금세 붉어지고 입술이 떨린다. 머리를 내젓고 눈알을 요리조리 굴리며 얼굴은 붉으락푸르락, 눈을 간잔지런하게(위아래 두 눈시울이 서로 맞닿을 듯하게) 뜨고 눈썹이 꼿꼿해지면서 코가 발심발심, 이를 뽀도독뽀도독 갈고 온몸을 수숫잎 틀 듯하며 매가 꿩 채듯 앉는다.

"도련님, 기생 딸이라 이별하잔 말인가요?"

춘향은 너무도 기가 막혀 왈칵 달려들어 치맛자락도 와드득 좌르륵 찢어 버리며 머리도 와드득 쥐어뜯어 싹싹 비벼 이 도령 앞에다 던진다.

"무엇이 어쩌고 어째요? 이것도 쓸데없다."

크고 작은 거울이며 산호 비녀들을 아무렇게나 내던져 방문에 탕탕 부딪친다. 발도 동동 구르고 손뼉을 치더니 돌아앉아 한탄하며 운다.

"낭군 없는 춘향이가 살아서 무엇 하며 뉘 눈에 보이려고 얼굴을 단장하고 누구를 섬기려고 이 몸을 치장할까. 몹쓸 년의 팔자로다. 이 팔청춘 젊은것이 이별할 줄 어찌 알랴. 부질없는 이내 몸 도련님의 허망하신 말씀 믿어 앞길 신세 버렸구나. 애고애고, 내 신세야!"

"춘향아!"

도령은 춘향이 옆에 가서 기가 막혀 말도 못 하고 그저 앉아 있을 뿐이다.

춘향은 울음을 참지 못하여 흐느끼며 말하였다.

"도련님, 지금 하신 말씀이 참말이오? 우리 둘이 백년가약 맺을 적에 대부인, 사또님 허락 받아 맺었던가요? 도련님, 어이 그리 잊으셨소? 해당화꽃 필 적에 하신 맹세 해당화 지고 가을 오니 잊으셨소? 도련님 우리 집에 찾아오시어 도련님은 저기 앉고 춘향이 나는 여기 앉아, 하늘은 길고 땅은 끝이 없으니 바다가 마르고 돌에 꽃이 피도록 변치 말자 하신 맹세 어찌 그리 잊으시고, 마지막 가실 때는 톡 떼어 버리시니 세상에 이런 법도 있소?

이 일을 어찌할꼬. 쓸쓸한 빈방에서 내 어이 혼자 살꼬. 가을도 긴 긴 밤에 흘리는 이내 눈물 피가 되고 강물 되리니 이 설움을 어찌할꼬. 아이고아이고, 내 신세야!"

도령은 그저 머리를 숙인 채 말없이 울고만 있고, 춘향은 더욱 서러움을 참지 못한다.

"도련님, 어찌 그리 모지시오. 천하에 다정한 게 부부의 정이건만 이 정을 끊고 가시다니. 독하도다, 독하도다, 서울 양반 독하도다. 원수로다, 원수로다, 존비귀천 원수로다. 이렇듯 독한 양반이 세상에 또 있을까.

애고애고, 내 일이야. 여보 도련님, 춘향이 몸이 천하다고 함부로 버리셔도 그만인 줄 알지 마오. 기구한 춘향이가 밥 못 먹고 잠 못 자면 며칠이나 살 듯하오? 그리움이 병이 되어 애통히 죽으면 원한 맺힌 이내 혼 원귀가 될 것이니 귀한 도련님께 그것이 재앙이 아니오? 사람 대접을 그리 마오. 사람 대하는 데 그런 법이 왜 있을꼬. 죽고 지고, 죽고 지고. 아이고, 서러워라!"

이때 월매는 춘향이 방 쪽에서 울음소리가 들리자 까닭도 모르고 중얼거린다.

"애고, 저것들 또 사랑싸움이 났구나. 참 아니꼽네. 눈구석에 쌍가래톳 설 일* 많이 보네."

그런데 아무리 들어도 울음이 길다.

하던 일을 밀쳐놓고 춘향이 방 미닫이 밖에서 가만가만 들어 보니, 아무리 들어도 이별이로구나. 서울서 사람이 내려왔다더니 이런 일이

* 너무 분한 일을 당해 어이 없고 기가 막혀 눈에 독기가 서릴 만한 일.

벌어졌구나.

"허허, 이 일이 웬일이냐? 오늘 밤 우리 집에 사람 둘 죽는구나."

월매가 초당 마루에 선뜻 올라 미닫이문을 드르륵 열었다.

"무슨 일로 이리 우느냐?"

"도련님이 서울로 가신다오."

"서울로 가시면 너도 따라가면 될 일이지 울기는 왜 우느냐?"

"도련님이 못 데려가신다 하오."

"무엇이? 못 데려가? 도련님, 그게 참말이오?"

"양반 예절이 말이 많아 내 마음대로 할 수 없으니 나도 기가 막히오."

"양반 예절이 말 많은 줄 이제야 아셨소? 백년가약 맺을 제 내가 뭐라고 합디까? 아이고, 내가 양반 믿다가 이 신세가 되고도 정신을 못 차렸구나."

월매는 분하고 원통하여 주먹으로 가슴을 치면서 춘향이를 보며 한탄한다.

"이년아, 썩 죽어라. 살아서 무엇 하겠느냐? 너 죽은 시체라도 도련님이 지고 가게 죽어라. 도련님 올라가면 뉘 간장을 태우려느냐? 내 언제나 이르기를, 주제넘은 마음 먹지 말고 네 신분에 맞는 사람 가려서 형편도 너와 같고 인물도 너와 같은 원앙 짝을 지어 의좋게 살라 하지 않았느냐? 그러면 너도 좋고 나도 좋지. 네 마음이 별나더니 잘되고 잘되었다."

월매는 주먹으로 가슴을 또 친다.

"아이고 가슴이야. 양반 상놈의 백년가약 천만번 안 되는 일인 줄 모르는 바 아니지만 설마 이리될 줄은 몰랐구나. 양반도 사람이요 천것도 사람인데 사랑에도 귀천이 있고 빈부가 있다더냐."
그러면서 도령 앞으로 다가앉으며 말한다.
"도련님, 얘기 좀 해 봅시다. 그래 내 딸을 버리고 간다 하니 춘향이에게 무슨 죄가 있소? 춘향이가 도련님을 모실 적에 행실이 그르던가, 예절이 그르던가? 무엇이 모자라서 이런 괄시를 당하는가. 군자는 칠거지악* 아니면은 아내를 못 버리는 줄 모르시오?"
"장모, 내 어찌 모르겠소? 잘 알기에 내 마음이 괴롭고 아프오."
월매는 눈물을 흘리며 한탄한다.
"아이고, 생각해 보시오. 내 딸 춘향이 어린것을 밤낮으로 사랑할 때는 백 년을 하루같이 함께 살자더니, 그래 마지막 가실 때는 똑 떼어 버리시면 춘향이가 홀로 어찌 사오? 실버들 천만 가지인들 가는 봄을 어이하며 스러지는 꽃 지는 잎에 어느 나비가 찾아올까. 백옥 같은 내 딸 춘향이 꽃다운 그 모습도 세월 따라 늙어 검은 머리 백발 되면 다시 젊지 못하리니, 무슨 죄를 지었기에 한생을 혼자 살까. 도련님 가신 뒤에 내 딸 춘향이 임 그려 울며 살 제, 달 밝은 깊은 밤에 불같은 임의 생각 가슴에 솟아올라 한숨 속에 짓는 눈물 치마폭을 다 적시고 제 방으로 들어가서 외로운 베개 베고 벽 안고 돌아누워 밤낮으

---

* 칠거지악은 예전에 아내를 내쫓을 수 있는 이유가 되었던 일곱 가지 허물.

로 우는 것을 내 눈으로 어이 볼까.

　이 어미가 천한 몸이라 내 딸 신세까지 망쳤구나. 원수로다, 원수로다. 늙은것이 사위 잃고 딸 죽이고 태백산 갈까마귀 게 발 물어다 던진 듯이 외로운 처지 될 테니 누굴 믿고 살아갈꼬. 아이고아이고, 서러워라."

"장모, 그만 진정하소."

도령은 춘향을 진정으로 두고 갈 수도 없고 장모의 말에 가슴이 찢어지는 듯하여 결연히 일렀다.

"장모, 내 말을 듣소. 내가 춘향이를 생각함이 장모만 못하겠소? 어떻게든 춘향이를 데려가면 그만 아니오."

"무슨 수가 있소?"

"장모, 춘향이를 데려간대도 가마에 태워 가면 분명 말이 날 것이니 그렇게는 할 수 없고, 내가 한 가지 생각한 것이 있는데, 이 말을 입 밖에 내서는 양반 망신뿐 아니라 우리 선조가 모두 망신을 당할 말이오."

"무슨 그리 요사스러운 말이 있소?"

"내일 어머님 행차가 나오실 제, 어머님 타신 가마 뒤에 신주를 모신 가마가 나오는데 그건 내가 모시고 가게 되었으니 말이오."

"그래서요?"

"그만 하면 알지."

"모르겠소."

"신주는 내 창옷 소매 속에 모시고 춘향이를 신주 가마에다 태워 갈 것이니 걱정 마소."

춘향이 그 말 듣고 도령을 물끄러미 바라보더니 어머니에게 부탁한다.

"어머니 그만 안방으로 들어가오. 양반 체면에 오죽 답답하고 민망하면 저런 말씀을 하시리까. 너무 조르지 마오. 우리 모녀 평생 신세 도련님 손에 매였으니 부탁이나 합시다. 이번은 아무래도 헤어질 수밖에 없으니 이왕에 이별이 될 바에는 가시는 도련님을 어찌 괴롭히리까. 향단아, 어서 어머님을 안방으로 모셔라."

"어이고, 이년의 팔자 무슨 죄로 이런 신세가 되었는고."

월매는 땅이 꺼지게 한숨지으며 안채로 들어간다.

춘향이 도령과 둘이 남으니 설움이 더 북받쳐 오른다.

"도련님!"

"춘향아!"

"참으로 나를 두고 가시려오?"

촛불을 돋우어 켜 놓고 둘이 마주 앉아, 갈 일을 생각하고 보낼 일을 생각하니 정신이 아뜩하고 한숨이 절로 나며 눈물이 절로 솟아 하염없이 흐른다. 도령은 춘향이 얼굴도 만져 보고 춘향은 도령의 손길도 만져 본다.

"도련님, 날 볼 날이 몇 밤이나 남았소? 오늘 밤이 마지막이니 내 서러운 사정 들어주오. 늙으신 내 어머니 일가붙이 하나 없이 나 하나라, 도련님께 의탁하여 낙을 보자 바랐더니 우리 모녀 팔자 기박하여 이 지경이 되었소."

춘향은 도령의 덧옷에 얼굴을 묻고 흐느낀다.

"춘향아, 네가 이렇게 또 울면 어쩌느냐."

"도련님 올라가시면 나는 누굴 믿고 사오리까. 천만 가지 쌓인 설움에 임 그리워 어이 사나. 온갖 꽃이 피어날 제 봄놀이는 뉘와 하며, 국화 단풍 늦어질 제 서리 속에 피는 꽃을 나 혼자 어이 보나. 홀로 자는 빈방에서 잠 못 들어 한숨짓고 임 그리워 눈물지고 적막강산 달 밝은 밤에 접동새 울음소리 내 어이 들으며, 서리 찬 만 리 하늘에 짝 잃은 기러기 울음을 내 어이 들으리까. 춘하추동 사시절에 좋은 경치도 많건마는 보는 것마다 슬픔이요, 듣는 것마다 수심 되리니, 아이고 서러워라."

도령은 춘향의 들썩이는 어깨를 쓸며 위로하였다.

"춘향아, 울지 마라. 내가 가면 아주 가며 아주 간들 잊을쏘냐. 그 옛날 설 낭자도 변방 지키는 병사로 임을 보내 이별하고 삼 년이나 기다렸다 다시 만났으며, 연밥 따던 강남의 여인도 북해 만 리 임 이별하고 쓸쓸한 강산에 기다리고 기다리다 그 임 다시 만나 평생 함께하였으니, 너도 너무 상심 말고 나 올 때를 기다려라. 너를 두고 가는 마음 하루 밤낮 열두 때 그 어이 무심하랴. 울지 말고 기다려라. 모진 마음 불 속에서도 녹지 말고, 곧은 생각 눈 속에서도 변치 말고 나 올 때만 기다려라."

"도련님 올라가시면 화려한 거리거리 놀기 좋은 집집에 보이나니 미인이요, 들리나니 풍악 소리, 간 곳마다 좋은 경치일 것이니 도련님이 벗들과 호기롭게 취하여 노니실 제 남원 고을 춘향이 생각이나 하시리까."

"춘향아, 그런 걱정 하지 마라. 한양성 남북촌에 미인이 많다 해도 깊은 사랑 맺은 이는 너밖에 없으니 내 아무리 대장부라 한들 잠시라도 너를 잊을쏘냐."

"이 몸은 오직 도련님만 믿사오며, 소녀 바라는 것은 한양 꽃거리에 취하여 허송세월 마시고 학문에만 힘쓰시어 곧 대과 급제하시옵기를……."

"오냐, 네 말이 진정 여중군자의 말이로다. 고맙다. 네 말을 내 어찌 잊으랴."

도령은 춘향이 손을 어여삐 잡아 가슴에 안는다. 춘향은 도령 품에 안겨 그칠 줄 모르고 눈물을 흘린다. 이별은 할지라도 서로 잊지 말자, 변치 말자, 당부하며 부탁하나, 막상 떠나고 보낼 생각을 하니 가슴이 막히고 눈물을 참을 수 없다.

어느덧 마지막 밤이 새고 날이 밝았다. 도령을 모시고 갈 후배사령이 헐떡거리며 달려왔다.

"도련님, 어서 떠나십시다. 안에서 야단났소. 사또께옵서 도련님이 어데 갔느냐 하시옵기에 광한루에서 놀던 친구와 작별하려고 문밖에 잠깐 나가셨다 아뢰었사오니 어서 행차하옵시오."

"말 채비는 되었느냐?"

"다 되었소이다."

대문 밖에서 말 울음소리가 들린다.

"춘향아, 그럼 잘 있어라."

말은 가자고 네 굽을 치는데 춘향은 마루 아래 툭 떨어져 도령 다리를 부여잡는다.

"날 죽이고 가면 가지, 그냥은 못 가느니……."

말을 끝내지 못하고 기절하니, 월매가 이른다.

"향단아, 어서 찬물 떠오너라. 차 달이고 약 갈아라. 이 몹쓸 년아, 늙은 어미는 어쩌라고 몸을 이리 상하느냐?"

월매가 춘향에게 달려드니, 춘향이 정신 차려 가슴을 친다.

"애고 갑갑하여라."

월매 기가 막혀 한탄한다.

"여보 도련님, 남의 생때같은 자식 이 지경이 웬일이오. 마음씨 깨끗하고 야무진 우리 춘향이 애통히 죽게 되면 혈혈단신 이내 신세 뉘를 믿고 살란 말인고."

이 도령이 춘향이를 달랜다.

"여봐라 춘향아, 네가 이게 웬일이냐. 나를 영영 안 보려느냐? 아들이 어미와 오랑캐 땅에서 헤어지고, 머나먼 변방 수자리로 지아비 떠나보내고, 형제와 이별하고, 정든 벗과 헤어져도, 소식 들을 때가 있고 만날 날이 있었느니라. 내가 이제 올라가서 장원 급제하여 너를 데려갈 것이니 울지 말고 잘 있어라.

너무 울면 눈도 붓고 목도 쉬고 골머리도 아프니라. 돌이라도 망두석(무덤 앞 양쪽에 세우는 한 쌍의 돌기둥)은 천만년이 지나가도 광석될 줄 모르고, 나무라도 상사목은 창밖에 우뚝 서서 일 년 봄철 다 지나도 잎이 필 줄 모르고, 병이라도 상사병은 자나 깨나 잊지 못해 죽느니라. 나를 보려거든 서러워 말고 잘 있어라."

춘향이 하릴없어, 향단이를 시켜 찬합과 술병을 내오도록 하였다. 이윽고 향단이와 어머니가 찬합과 술병을 자그마한 소반에 받쳐 이 도령 앞에 갖다 놓는다.

"도련님, 내 손으로 마지막 붓는 술이나 한잔 드시오. 그리고 이 찬합은 가지고 가시다가 숙소에 드실 때 날 본 듯이 잡수시오."

춘향이 술 한 잔을 가득 부어 이 도령에게 주는데 눈물이 소리 없이 잔 위에 떨어진다. 지난봄 백년가약 사랑이 넘치던 잔에 가을 되니 생이별의 피눈물이 넘칠 줄 그 누가 알았으랴. 야속한 세상이로다.

춘향이도 이 도령도 슬픔을 참을 수 없다. 춘향은 슬픔을 참으면서 절절히 일렀다.

"서울 가시는 길에 강가 수풀이 푸르거든 도련님과 이별하여 원한 서린 춘향이 마음인 줄 아시고, 머무시는 창가에 가랑비 부슬부슬 내리거든 도련님 생각하는 내 눈물인 줄 아시오.

한양 천 리 먼먼 길에 지치신 몸 병나실까 걱정이오니 비 오는 저문 날엔 일찍 들어 주무시고, 아침 날 비바람 불거든 느지막이 떠나시며, 말을 몰아 달리실 제 모실 사람 없사오니 부디부디 귀하신 몸

돌보시기 바라오며, 멀고 먼 서울 길 평안히 가시옵고, 그리운 소식 담아 종종 편지나 하옵시오."

애틋함이 넘치는 춘향의 한 마디 한 마디가 도령의 가슴에 사무친다.

"편지 걱정은 하지 마라. 옛날 어떤 선녀는 파랑새 편에 수만 리 먼 곳까지 편지를 전했단다. 내게 그런 파랑새는 없다 한들 남원에 편지 전할 인편이야 없겠느냐. 서러워 말고 잘 있어라."

도령은 주머니를 뒤져 거울을 꺼내 춘향이에게 준다.

"대장부의 맑은 마음 거울과 같아 천만년이 갈지라도 변함이 없으리니 이 거울 품에 안고 내 마음을 믿어 다오."

춘향은 거울을 받아 품에 넣고 손에 낀 옥가락지 한 짝을 벗어 도령에게 주며 말한다.

"도련님께 바친 이 마음 옥빛처럼 깨끗하고 가락지처럼 끝없사오니 이 마음 믿어 주사이다."

도령이 옥가락지를 받으니, 춘향이 눈에서는 옥구슬 같은 눈물이 방울져 떨어진다.

이때 방자가 또 급히 달려왔다.

"도련님, 무슨 이별을 그리 끈질기게 하시오? 대부인 마님께서 어서 떠나자고 기다리고 계시오."

도령은 깜짝 놀라 바삐 대문 밖으로 나가며 작별 인사를 하였다.

"장모, 나는 가니 서러워 말고 잘 지내오. 향단아, 너도 잘 있어라."

도령이 말 위에 올라앉으니, 춘향이 말안장을 잡는다.

"도련님, 먼 길에 부디 몸조심하시오."

"오냐, 춘향아. 꽃다운 모습 상하지 말고 나 올 때를 기다려라."

말을 타고 인사하니 춘향이 기가 막혀 말한다.

"우리 도련님이 가네 가네 하여도 거짓말로 알았더니 말 타고 돌아서니 참으로 가는구나."

그러고는 마부를 불러 이른다,

"마부야, 내가 문밖에 나설 수가 없으니 말을 붙들어 잠깐 늦추어 다오. 도련님께 한 말씀만 여쭐란다."

"여보 도련님, 인제 가면 언제나 오시려오. 사철 소식 끊어질 절, 보내나니 아주 끊어져 영절, 푸른 대와 솔 백이숙제* 만고충절, 온 산에 새가 날아다니는 것조차 끊어지니 조비절, 병들어 누우니 인사절, 죽절 송절, 춘하추동 사시절, 끊어지니 단절 분절 훼절, 도련님 날 버리고 박절히 가시니 속절 없는 나의 정절, 독수공방 수절할 제 어느 때에 파절(절개를 깨뜨림)할꼬. 첩의 원한 맺힌 마음은 슬픈 고절(홀로 깨끗하게 지키는 절개), 밤낮 생각 미절할 제 부디 소식 돈절 마오."

이 도령에게 내달아 이렇게 이르고는 대문 밖에 거꾸러져 고운 두 손길로 땅을 쾅쾅 친다.

"애고애고 내 신세야."

---

* 백이와 숙제는 중국 은나라 말기 사람으로, 형제 사이다. 주나라 무왕이 은나라를 쳐서 천하를 통일하자, 주나라 곡식은 먹지 않겠다며 수양산으로 들어가 고비나 고사리 같은 나물만 캐 먹다가 굶어 죽었다.

춘향이 하는 소리에 누른 먼지 흩어지고 바람은 쓸쓸한데, 깃발들도 빛을 잃고 해만 저무는구나. 엎어지며 자빠질 제 서운하지 않게 갈 양이면 이별의 인사가 몇 날 며칠 될 줄 모를레라.

이 도령 눈물 흘리며 뒷날 기약을 당부하고 말을 채쳐 가는 모양 몰아치는 바람결에 한 조각 구름이라.

"향단아, 아씨 모시고 오리정으로 나오너라."

방자는 향단에게 이렇게 이르고 도령을 따라 달려간다.

향단이는 곧 춘향을 재촉하여 오리정으로 향하였다. 춘향은 푸른 장옷을 쓰고 향단을 따라 단풍이 붉게 타는 숲속을 헤쳐 오리정 언덕으로 올라 정자 기둥 옆에서 서울 가는 큰길을 내려다본다.

어느덧 대부인 행차는 서울 가는 고개를 넘어간다. 대부인 가마 뒤를 따라가는 말 한 필, 그 위에 앉은 모습은 남색 중치막을 입은 이 도령이 틀림없다. 오리정 쪽을 돌아보고 또 돌아보며 마지막 고개를 넘어가는 모습을 춘향은 쏟아지는 눈물 속에 꿈같이 바라본다. 가는 그 모습도 눈물로 희미한데 어느덧 희미한 모습마저 보이지 않는다.

"향단아, 도련님 어디만큼 가셨나 보아라."

"서울 가는 고개 위에 흰 구름만 보이오."

춘향은 오리정 붉은 기둥을 부여잡고 흐느낀다. 산도 물도 숲도 모두 흐느껴 우는 듯 설렌다.

"아아, 참말로 가셨구나. 도련님!"

춘향은 정자 기둥을 잡고 몸부림친다.

"바람 따라 구름 가고, 구름 따라 용 가건만 나는 어이 임을 따라 가지 못하는가. 아아, 야속하다 이 세상! 아이고 가슴이야!"

춘향이 가슴을 치며 정자 위에 쓰러지자 향단이가 달려들어 안아 일으킨다.

"아씨, 정신 차리셔요. 아씨!"

춘향은 정신을 차리지 못하고 향단이 울음소리만 가을 잎 쓸쓸히 떨어지는 속에 구슬피 사무친다.

한양 천 리 떠나간 도령은 오리정에서 정신 잃은 춘향의 가여운 모습을 알기나 할까. 사람도 같은 사람, 꽃도 같은 꽃이련만, 어느 가지에 핀 꽃은 귀한 꽃이며 어느 가지에 핀 꽃은 천한 꽃이랴. 아아, 원수로구나, 원수로구나, 존비귀천이 원수로구나.

앉으나 누우나 임도 잠도 아니 오고

오리정에서 집으로 돌아온 춘향은 향단이가 자리를 보아 주자 그대로 누워 앓기 시작하였다. 춘향은 연약한 제 마음을 꾸짖었다. 잠시 헤어진 것뿐이니, 도련님을 믿고 오실 때를 기다리면 될 일이 아닌가. 마음을 굳게 가지면 될 일이 아닌가.

춘향은 사흘 만에 일어나 베틀에 앉아 짜던 명주도 마저 짜고 바느질도 하고 책도 읽었다. 제아무리 바삐 손을 놀려도 도련님 생각이 떠나지 않는다.

도련님 앉으셨던 초당 마루를 보아도 가슴이 미어지고, 도련님과 함께 글도 짓고 그림도 그리고 우스운 소리도 하며 즐거운 때를 보내던 방 안을 둘러보아도 가슴이 찢어진다. 도련님 쓰신 글씨를 보면 눈앞이 흐려지고 도련님이 주고 가신 손거울을 볼 적마다 눈물이 솟는다. 오늘도 거울을 꺼내 보다가 그리운 마음 견딜 수 없어 소리 없이 흐느끼는데, 향단이가 옆에 와서 울며 위로해 주었다.

"아씨, 도련님이 가시면서 하신 말씀 잊으셨소? 너무 울면 병이 난다고, 부디 몸 상하지 말고 기다리라고 하신 말씀 말이오."

"내가 왜 그 말씀을 잊었겠느냐. 향단아, 밤이 이슥하니 들어가 쉬어라."

향단이가 안으로 들어가자 춘향은 혼자 자리에 누우며 깨어서는 만나 보기 아득한 도련님을 꿈에서나 만나 보리라고 잠을 청하였다. 예부터 꿈에 와 보이는 임은 미덥지 않다고 하지만, 안타까이 그리는 임을 꿈에나 보지 않고서야 어디 가 만나리오.

꿈아 꿈아 네 오너라.
꿈속에 임을 보려 베개 베고 누웠건만
첩첩이 쌓인 시름에 잠도 아니 오는구나.
인간 슬픔 많은 중에 홀로 살기 서러워라.
그리운 임 보고 지고 벽을 안고 누웠건만
잠도 오지 아니하니 꿈에 언제 임을 보랴.

춘향의 슬픔은 이렇듯 그칠 줄 모르는 넋두리로 되고 상사곡으로 되었다.

앉으나 누우나 자나 깨나 임 못 보아 가슴 답답
그리운 그 모습은 눈에 삼삼
정겨운 그 목소리 귀에 쟁쟁
보고 지고 임의 얼굴, 듣고 지고 임의 소리.

전생에 무슨 죄로 우리 둘이 생겨나서

광한루에 처음 만나 우리 인연 맺었던가.

부용당 깊은 밤에 백 년 살자 다진 맹세

부귀영화도 온갖 보배도 꿈밖으로 여긴 맹세.

우리 마음 강물 되어 길고 길고 다시 길고

우리 사랑 산이 되어 높고 높고 다시 높아

끊어질 줄 몰랐으며 무너질 줄 몰랐더니

하늘이 시기하여 끊어지고 무너졌네.

하루아침 이별한 낭군 어느 날에 만나 보랴.

천 가지 수심이요 만 가지 한이로다.

옥 같은 얼굴 구름 같은 머리 속절없이 늙으리니

가는 해도 무정하고 지는 달도 야속하다.

오동잎 지는 시절 달 밝은 가을밤은

베개만 적시면서 어이 그리 더디 새고,

강기슭 푸른 숲에 노을 져 비낀 해는

내 마음 몰라선가 어이 그리 더디 가나.

이 시름 아시면은 임도 나를 그리련만

천 리에 기별 없고 만 리에 소식 없네.

내 간장 굽이 썩어 솟는 것이 눈물이라
눈물 모여 바다 되고 한숨지어 바람 되면
한 조각 배를 타고 한양 낭군 찾으련만
어이하여 이내 몸은 그리도 못 하는가.

조각달 북두성은 임 계신 곳 비추련만
가슴 속 쌓인 시름 나 혼자 안고 우네.
달빛은 검푸른데 반딧불만 반짝여라.
내 마음 불이 되어 풀숲을 떠도는가.

쓸쓸한 담장 안에 밤은 깊어 삼경인데
앉았으니 임이 올까 누웠으니 잠이 올까.
임도 잠도 아니 온다. 이 일을 어이하리.
아마도 원수로다.

흥진비래, 고진감래* 예부터 있건마는
기다림도 적지 않고 그린 지도 오래건만

---

* 흥진비래는 즐거운 일이 다하면 슬픈 일이 닥쳐온다는 뜻. 고진감래는 고생 끝에 즐거움이 온다는 뜻. 세상일이 순환되는 것을 이르는 말.

임 그려 봄이 가고 가을도 속절없네.
기쁘고 즐거운 일 그 언제나 찾아오랴.

가슴에 굽이굽이 서리고 맺힌 것을
그리운 임 아니면 그 누가 풀어 주랴.
밝으신 저 하늘은 부디 굽어 살피시어
그리운 임의 모습 쉬이 보게 하옵소서.

이렇듯 춘향은 시름 속에 하늘을 우러러 하소연하며 세월을 보냈다.

남원에 춘향을 두고 떠난 이 도령 역시 한양으로 올라가면서 잠을 이루지 못하며 춘향을 생각하니, 그 생각이 가슴에 불이 되고 슬픔이 되고 상사곡이 되었다.

귀한 것이 무엇이고 천한 것이 무엇인고.
귀함과 천함 서로 달라 우리 이별 생겼는고.
천 리에 날 보내고 초당에서 네 울 적에
내 눈에도 눈물 솟고 내 가슴에 피가 진다.
날개라도 내게 있어 훨훨 난다면은
너 있는 초당으로 이 밤이라도 가려니와.

창밖에 바람 불어 오동잎 떨어질 때
행여나 임이 오나 너는 놀라 눈을 뜨고
섬돌 밑에 귀뚜라미 무심한 울음에도
너는 나를 생각하여 가슴을 뜯으리라.
한시도 너 없이는 살지 못할 이 마음을
네 손길 고이 잡고 말해 주고 싶다마는
산은 첩첩 물은 겹겹 길 또한 막혔으니
못 가는 이 마음에 불이 이는구나.

얼었던 강물도 봄이 오면 풀리듯이
죽었던 나무에도 잎 트고 꽃 피듯이
우리 소원 풀릴 때가 있으리니
그리 알고 기다려라.

　　서울로 올라간 이 도령은 춘향이 부탁을 잊지 않고 한양 번화한 꽃거리 술집에서 놀지 않고 하루빨리 과거 급제하여 벼슬길로 나아가리라 글공부에 전념하였다.

고집불통 욕심통 신관 사또

남원 관가에는 이 사또가 서울에 올라간 뒤 새 사또가 내려와 있다가 나주 목사로 옮겨 가고, 새로운 사또가 다시 오는데, 이 양반은 서울 자하골 사는 변학도라 하는 위인이었다.

변학도는 글과 글씨도 어지간하고 인물 풍채 활달하고 음률에도 능란하나, 한 가지 흠이 있는데 술과 계집을 좋아하고 성질이 괴팍한 데다 요사스러움을 겸하여 덕망 잃을 일도 하고 때때로 그릇 판결하는 일도 많아, 알 만한 사람들은 다 고집불통이라 하였다.

새로 부임하는 사또를 맞이하려고 남원에서 이방을 비롯한 구실아치들이 서울로 올라가 맞아 오는 인사를 드렸다.

"사령 등 인사 올리오."

"이방이오."

"음식 담당이오."

신관 사또 변학도는 인사를 받고 물었다.

"이방."

"예이."

"그래 너희 고을에 별일은 없느냐?"

"예이, 없사오이다."

"그 고을 산천이 수려하고 인물이 좋다지?"

"예이, 삼남*에서 제일이라 하오이다."

"또 너희 고을에 춘향이란 계집이 보기 드문 미인이라지?"

"예이."

"잘 있느냐?"

"별일 없사오이다."

"남원이 여기서 몇 리나 되느냐?"

"육백삼십 리로소이다."

사또는 마음이 급하다.

"서둘러 행장을 차리라."

"예이."

구실아치들은 물러 나와 우리 고을에 일이 났다고 수선거렸다.

신관 사또 떠날 날짜를 급히 잡아 남원으로 내려가는데 위엄이 대단하고 호화찬란하였다. 구름 같은 송별연에, 가마는 좌우에 달린 푸른 포장 두 활개를 쩍 벌려 들고 흔들거리며 나아가는데 좌우에서 부축하는 하인은 빛깔 좋은 모시 철릭에 흰 명주띠 고리를 늘여 기울여 눌러 띠고 통영갓을 눌러쓰고 푸른 포장 줄을 맞대어 잡고 소리친다.

*삼남은 경상도, 충청도, 전라도를 함께 이르는 말.

"에라 물렀거라! 나가 있거라!"

통행을 금하는 소리가 몹시 엄하다.

"좌우의 마부들, 경마잡이 힘써라."

소리치며 눈망울을 들들 굴린다.

앞에는 어여쁜 종 한 쌍, 슬기 있는 사령 한 쌍, 비단 일산 한 쌍이 둥실 큰길 좌우에 갈라 나아가고, 아전 우두머리 한 쌍, 통인 한 쌍, 육방 관속들이 전후좌우로 사또를 둘러싸고 나아갈 제, 앞뒤 통행 금하는 소리에 청산이 움직움직, 높은 소리에 구름도 머뭇거린다.

"일등 마부야, 말 좋다 자랑 말고 한시도 마음 놓지 말고 양옆이 기울지 않도록 고루 저어라."

"굳은돌인뎁시오."

"그래도 잘 저어라."

"에이."

사또 행차는 남대문 밖 썩 내달아 노들강(노량진 앞의 한강)을 얼른 건너 남태령을 넘어서 남으로 남으로 내려갔다. 전주에 이르러 남원 부사로 부임하는 의례를 지낸 다음 임실을 얼른 지나 오수역에 들러 잠시 점심을 하고 그날로 박석고개를 넘어서 남원읍에 들어섰다.

남원 관가에서는 육방관속*들, 나졸들이 나와서 말끔히 치운 길 양옆에 갖가지 깃발을 날리며 신관 사또를 맞이하였다. 깃발만 해도 청도기

---

* 육방관속은 지방 관아의 여섯 부서인 육방에 속한 구실아치. 육방은 이방, 호방, 예방, 병방, 형방, 공방을 이른다.

와 홍문기를 비롯하여 동은 청룡, 서는 백호, 남은 주작, 북은 현무라 여러 방위를 표시하는 이십팔문 깃발들이 찬란히 나부낀다.

군사 우두머리의 호령에 따라 행차가 부중으로 들어가는데 금북 한 쌍, 태평소 한 쌍, 바라 한 쌍, 나각 한 쌍, 저 한 쌍, 피리 두 쌍, 징, 장구가 늘어서서 '꽹 창 처르르 또 뚜' 취타 풍악이 요란하고, 선녀 같은 기생들 스물다섯 쌍이 남빛 쾌자 붉은 전립의 아리따운 모습으로 요란스레 꾸민 말안장 위에 두렷이 앉아 길 양쪽에 벌여 있다. 변 사또가 눈이 부셔 어찌나 고개를 이리저리 내저으며 둘러보던지 얼굴을 가린 부챗살에 코끝이 스치고 또 스쳐 피가 날 지경이다.

"관노를 부르라."

"예이."

"저 말 탄 것들이 모두 기생이냐?"

"예이, 기생청에 이름 올린 예기들이오이다."

사또는 입이 항아리처럼 벌어졌다.

신관 사또 행차하는 풍악 소리 남원 고을에 진동하니 남녀노소 모두 떨쳐 나와 길바닥 양옆에 엎드려 절을 하며 구경한다.

신관 사또 변학도는 광한루에 올라 옷을 갈아입고 고을 백성들에게 더욱 위엄 있게 보이려고 시꺼먼 눈알을 뒹글뒹글 별스럽게 굴리며 남원부 동헌으로 들어갔다.

사또는 부임하여 처음으로 대접받는 요란스러운 상을 다 먹은 뒤에 행수 군관의 인사를 받고 육방관속들의 인사를 차례로 받았다. 사또는 육방관속들 점고*에 기생 점고까지 하고 싶었으나 체면을 생각하여 참았다.

사흘째 되는 날, 육방관속들을 점고하고 곧바로 기생 점고를 받으려다가 먼저 당장 처리할 공무가 무엇 무엇인지 대충대충 알아보았다.

"이방."

"예이."

"군포는 빠짐없이 받아들였느냐?"

"지난해 남원 사십팔 면에 흉년이 든 데가 많사와 올해 농사를 지으려 해도 당장 먹을 것이 없는 형편이라 군포를 내지 못하는 농가가 많사오이다."

"흉년이고 뭐고 군포를 당장 어김없이 받아들이되, 내지 않는 놈들은 잡아다 볼기를 치고 발악하는 놈들은 모두 옥에 가두어라."

"예이. 그런데 농사꾼들이 환자* 쌀을 달라고 야단이온데 어찌하오리까?"

"환자 내줄 것이 있느냐?"

"좀 있사옵니다."

"좀 있으면 그중에서 요령 있게 나눠 주되 가을에 가서 한 말에 두 말씩 어김없이 받도록 하여라."

"두 말씩이오이까?"

* 점고는 명부에 점을 찍으며 조사하는 것.
* 환자는 조선 시대에 곡식을 백성에게 봄에 꾸어 주었다가 가을에 거두던 일.

"왜 적으냐? 그럼 아주 서 말씩 받도록 하여라."

이방은 이 자하골 양반이 무서운 고집불통이라고 소문이 자자하더니 고집불통만이 아니라 무서운 욕심통이라고 생각하였다. 오고 가는 관장들 다루는 데 이골이 난 이방이라 그 자리에서 냉큼 사또의 비위를 맞춘다.

"사또께서 분부하시는 대로 공사를 처리하고 사또께서 좋으실 대로 문서 장부 처리도 하겠소이다."

"좋다, 이방 소임을 빈틈없이 하여라."

"예이."

이방이 물러나자, 사또는 호장을 급히 불렀다.

"기생 점고는 어찌 되었느냐?"

"대령하였소이다."

호장은 때를 만난 듯 기생의 이름과 나이와 본적을 밝힌 장부를 펴 놓고 차례로 부르는데, 낱낱이 좋은 글귀로 엮어 청아한 목소리로 부른다.

"남포 달 밝은 밤에 돛대 치는 사공아, 묻노니 네 배 이름 무엇이냐, 난주."

"예이, 대령하였소."

이름만 들어도 그럴듯하다. 사또는 펼쳐 든 부채 위로 두 눈만 내놓고 내려다본다. 난주가 들어오는데 치맛자락을 모아 걷어다가 가는 허리 앞가슴에 붙이고 아장아장 걸어 들어온다.

"점고 맞고 나오."

그리고 날아갈 듯 절을 하고 물러간다.

사또는 이름만 못하다고 고개를 흔들었다. 호장이 또 부른다.

"오동 복판의 거문고 타니 탄금이."

"예이, 대령하였소."

탄금이가 붉은 치맛자락을 모아 가슴에 걷어 안고 들어와 사뿐히 절을 하고 물러간다.

호장은 계속 이름을 불렀다.

"달 아래 미인이여, 네 정녕 선녀냐, 월선이."

"예이, 대령하였소."

"청청한 버들 숲에 날아든다 황금새, 앵앵이 왔느냐?"

"예이, 대령하였소."

"밝고 밝은 둥근달이 푸른 바다에 들었구나. 형산 백옥, 명옥이."

"예이, 대령하였소."

"비 온 뒤 동산에 떠오른 명월이."

"예이, 대령하였소."

"광한전 높은 집에 복숭아 바치던 계향이."

"예이, 대령하였소."

"월궁에 높이 올라 계화(계수나무 꽃)를 꺾으니 애절이."

"예이, 대령하였소."

호장이 부르는 대로 기생들이 치맛자락을 걷어 안고 가만가만 걸어 들어와 인사하고 물러간다.

변학도는 들어오는 기생들을 눈알을 굴리며 굽어보다가 별로 마음에 드는 것이 없어 얼굴을 찡그리다가 호장을 부른다.

"한숨에 서넛씩 부르라."

호장이 분부 듣고 빠르게 부른다.

"양대선, 월중선, 화중선이."

"예, 대령하였소."

"금선이, 금옥이, 금련이."

"예, 대령하였소."

"농옥이, 난옥이, 홍옥이."

"예, 대령하였소."

사또는 다시 얼굴을 찡그리며 분부한다.

"여봐라, 그렇게 부르다간 며칠이 걸릴지 모르겠다. 다 그만두고 향자 달린 이름만 불러라."

"예이."

호장은 책장을 바삐 넘기며 부른다.

"창문 아래 고요한 밤, 임 그리는 향심이."

"예이."

"향월이, 향옥이, 월향이, 옥향이, 국향이, 난향이, 향 중 향이 추향이."

"예이."

모두 나와 인사를 하는데 변학도는 마지막 추향이란 이름을 듣고 눈을 번쩍 떴다.

"춘향이냐, 추향이냐?"

"잎 떨어지는 봄이라 낙춘이라고도 하는, 가을 추(秋)자 추향이오이다."

이때 추향이 들어오는데 키는 동네 입구 장승만 한 년이 치맛자락을 턱 밑에 딱 붙이고 무논의 고니 걸음으로 찔룩 껑충 엉금엉금 들어온다. 얼굴을 보니 잔털을 손질한답시고 이마빡에서 시작하여 귀 뒤까지 파헤치고, 분 화장한다는 말은 들었던지 개분을 석 냥 일곱 돈어치 사다가 회칠하듯 반죽하여 온 낯에다 처발랐다. 참으로 보기 역겨운 얼굴을 들어 사또를 우러러 히쭉 추파까지 던지고는 절하고 물러간다.

사또는 크게 노하여 호장을 꾸짖었다.

"호장!"

"예이."

"이놈! 너희 고을에 인물이 좋다더니 고작 이 모양이냐?"

"황공하옵니다."

"너희들이 어찌 관장을 속이느냐? 남원에 춘향이가 있다 하던데 어찌 그 이름이 없느냐?"

호장은 몸을 떨며 아뢰었다.

"춘향이 어미 월매는 기생이었으나 춘향이는 기생이 아니오이다."

"그러면 어찌하여 그 이름이 서울에까지 났단 말이냐?"

"본디 기생 딸이오나 고운 인물과 현숙한 행실이 뭇 새 가운데 공작이나 봉황같이 뛰어난지라 탐내지 않는 사람이 없어, 세도 있고 권세 있는 양반님네며 내려오는 관장마다 춘향이를 탐내어 한번 보자 하였으나 누구도 춘향이 곧은 뜻을 꺾지 못했사오이다."

"허, 어여쁜 계집이로고. 그래 어찌하고 있느냐?"

"지금 동부승지로 계신 이 한림 구관 사또 자제와 백년가약을 맺고 집에서 수절하고 있소이다."

"수절을 해?"

"예, 이 도령이 서울로 가실 때 과거 급제한 뒤에 데리러 오겠으니 기다리라 당부하여 춘향이도 그리 알고 일편단심 수절하고 있사오이다."

신관 사또는 이 말 듣고 버럭 화를 내며 호령한다.

"이 무식한 상놈들, 그게 어떠한 양반이라고! 엄한 부모를 모신 몸이요, 장가도 들지 않은 도령이 시골에 첩을 두고 살자 할까. 이놈, 다시 그런 말을 입 밖에 냈다가는 죄를 면치 못하리라. 아무러면 내가 저 하나를 보려다 못 보고 거저 그만둘까. 잔말 말고 어서 불러오너라!"

춘향이를 부르라는 명령이 떨어지니 이방과 호장이 조심스레 여쭙는다.

"춘향이가 기생도 아닐 뿐더러 구관 사또 자제와 맺은 맹세가 중하온데, 연세는 사또님과 다르긴 하오나 같은 양반댁 사이의 도리를 보아도 그렇고 춘향이를 부르심은 사또님께 흠이 되올까 걱정이오이다."

사또는 이 말에 크게 노하였다.

"무슨 소릴 하는고? 만일 조금이라도 늦추어 춘향이를 제 시각에 불러오지 않았다가는, 이방이며 호장이며 너희들부터 모조리 한 매로

칠 것이니 빨리 춘향이를 불러 대령하여라."

사또가 불벼락을 내리는 바람에, 육방이 소란해지고 각 청 우두머리들이 모두 넋을 잃었다.

죄인 잡아 오는 일을 맡은 형방은 군노 사령들을 불렀다.

"오늘은 누가 번(차례로 숙직이나 당직을 하는 일)을 서느냐?"

"김 번수 여기 있소."

"이 번수 여기 있소."

"춘향이를 잡아들이랍신다. 알았느냐?"

"아이고, 춘향이가 걸렸구나. 이번엔 큰 코에 걸렸구나."

비단으로 안을 받치고 날랠 용(勇) 자를 보기 좋게 떡 붙인 털벙거지를 머리에 눌러쓰고 키다리 김 번수가 나선다.

"그물이 삼천 코면 언젠가는 걸릴 날이 있다더니, 불쌍하다 춘향이, 가엾게 되려나 보다."

군복에 붉은 띠를 널따랗게 고쳐 매면서 뚱뚱보 이 번수가 나선다. 호장이 두 번수에게 오금을 박아 이른다.

"이놈들아, 춘향이 사정 봐주는 놈은 한 매로 볼기를 친다 하셨으니 그리 알고 어김없이 잡아 오너라."

"알았소. 사또 분부 그렇듯 엄하시다니 어서 가자, 김 번수야."

"어서 가자. 춘향이에게 사정 두는 놈은 모두 내 아들이다."

"옳다. 너는 내 아들이고 나는 네 아들이다."

이렇듯 다짐을 하며 두 놈이 달려갔다.

이때 춘향은 사령이 오는지 군노가 오는지도 모르고 이 도령을 생각하며 가야금을 안고 산조 느린 가락을 울리고 있었다. 춘향은 이 도령이 떠난 뒤 거듭 괴로움을 못 이겨 자리에 누워 신음도 하고 다시 마음을 굳게 먹고는 일어나 일손을 잡기도 하였다.

제 아픔도 슬픔도 눈물도 어머니에게는 보이지 않으려고, 태연하고 좋은 낯빛으로 부엌에 들어가 일을 하고 베틀에 앉아 베를 짜고 방 안에 앉아 바느질을 하였다.

허나 산전수전 다 겪은 월매가 어찌 딸의 마음을 모르리오. 하루는 춘향이 몸이 불편하여 자리에 누워 있는데, 월매가 옆에 와 앉아 딸의 시들어 가는 얼굴을 보며 눈물을 흘렸다.

"춘향아."

"어머니."

"네가 내 신세가 되는 게로구나."

"어머니, 어이 그런 말씀을……."

"말 아니 한들 네 속을 어이 모르랴. 네 꼴이 어찌 되어 가는지 네가 거울 한번 보면 알 게다. 에그, 서울 간 도련님도 무심하지, 소식 한 자 없으니 그러는 법이 있느냐? 우리 모녀만 불쌍하구나."

어머니는 치맛자락을 걷어 눈물을 닦았다.

"어머니, 도련님인들 어찌 생각이 없으시리까. 엄하신 부모님 아래서 어찌 마음대로 하시며, 더구나 대과 급제하시려고 공부하시는 분이 어찌 바쁘시지 않으리까."

"그런 사정을 내 어찌 모르랴만 서울 양반네들은 무심해서 하는 말이다. 지난날 네 아버지도 서울로 가신 뒤엔 소식이 전혀 없었으니 내 어찌 살았겠느냐. 그러다 뒤늦게야 세상을 떠나셨다는 소식만 들었다. 그때 내 마음이 어떠했겠느냐. 어린 너를 두고 죽을 수도 없고. 그때부터 한 많은 세상 눈물로 살아왔는데, 이제 또 네 신세 이 어미 같이 될까 봐 하는 말이다."

"어머니, 그런 가슴 아픈 옛일은 잊고 삽시다. 이제 우리 모녀 누굴 믿고 살겠소. 하늘땅을 두고 맹세한 도련님을 믿어야지요."

춘향이 눈에서 참았던 눈물이 주르르 흘렀다. 어머니는 딸의 눈물을 보더니 땅이 꺼지게 한숨지었다.

"아이고 이것아, 네 말이 천만번 옳다만, 이 험악한 세상을 우리 모녀 어찌 살아간단 말이냐. 이번에 내려온 신관 사또는 어떤 양반인지, 이번에 또 우리 집에 무슨 화나 미치지 않을는지 걱정이구나. 아이고."

그날 밤 춘향의 베개는 새벽까지 눈물로 젖었다. 춘향은 자리에서 곧 일어나려 하였으나 아무리 마음을 다잡아 먹어도 어쩔 수 없어 며칠 더 앓았다. 세상에 약도 많다지만 춘향이 임 그려 아픈 마음을 그 무슨 영험한 약이 있어 고칠 수 있으리오.

향단이는 정성스럽게 약을 달여 춘향에게 권하였다.

"아씨, 어서 약 드시와요."

"고맙다. 약보다 네 정성으로 나을 것 같구나."

"이 약은 마님이 지어 오신 약이니 어서 드시와요. 아씨의 꽃다운 모습 상하지 말아야 마님 마음도 좋으실 게고, 이제 도련님이 오시면 기뻐하실 것 아니겠소."

향단이 말에 춘향은 가슴이 뭉클해진다.

"도련님이 오시면……. 향단아, 네 생각엔 도련님이 꼭 오실 것만 같니?"

"꼭 오시고말고요. 이제 과거 급제하시고 아씨를 찾아오실 테니 두고 보시와요."

"꿈만 같구나."

"왜 꿈이겠소? 이제 도련님 오신다는 기별이 오면 오리정으로 마중 나갑시다. 호호호."

"오냐, 마중 나가자."

그날이 오면 얼마나 좋으랴. 춘향은 향단이 말에 힘을 얻어 약을 먹고 기운을 차려 다음 날부터 세수도 하고 머리도 빗고 몸을 다스려 이날은 드디어 일어나 앉았다. 그리운 심정 가야금 줄에 실어 산조 가락을 울리고 있는 것이다.

춘향의 애절한 마음은 저절로 노래가 되었다.

한양 천 리 가신 낭군 언제나 오시려나.
병풍에 그린 닭이 홰를 치면 오시려나.
까마귀 검은 머리 희어지면 오시려나.
말 머리에 뿔이 날 때 나를 찾아오시려나.

무슨 사연 있어 못 오시는 임이라면
내 어이 임 오실 날 애타게만 기다리랴.
가고 지고, 가고 지고, 임 계신 곳 가고 지고.
천 리라도 만 리라도 임 계신 곳 가고 지고.

바람도 쉬어 넘는 태백산 높은 고개
구름도 가다 멎는 소백산 험한 고개
우리 임 날 찾으면 쉬지 않고 나는 가리.
신 벗어 손에 들고 임 계신 곳 나는 가리.

한양 계신 우리 임도 나와 같이 그리는가.
독수공방 우는 나를 무정하게 잊으시고
내 사랑 옮기어서 어느 임을 괴는가.
애고지고, 애고지고.

춘향이 가야금 소리는 담 넘어 대숲과 솔밭에 은은히 울려, 듣는 이도 서글퍼지게 하였다.

김 번수, 이 번수는 춘향이 집 문 앞에 다다라 발길을 멈추었다.
군노 사령들도 목석이 아니요 사람이라 어찌 마음이 없으리오. 사람의 뼈 육천 마디가 봄날에 얼음 녹듯 탁 풀렸다.

"참으로 불쌍하구나. 이 도령이 저런 춘향이를 찾아 받들지 아니하면 사람이 아니지."

이렇듯 수군거리며, 사또 분부가 몹시 엄해 춘향이를 잡아갈 수밖에 없다고 한탄하며 문을 두드리고 안으로 쑥 들어갔다.

"춘향이 있느냐?"

춘향이 깜짝 놀라 내다보니 군노 사령이 나오지 않았는가. 가슴이 덜렁하였다.

"아차! 잊었구나. 오늘이 신관 사또 부임한 지 사흘째라 점고가 있다더니 또 무슨 야단이 났나 보다."

춘향이가 몸을 일으켜 방문을 열고 반색하며 인사를 차렸다.

"번수님네 어서 오시오. 내 집에 오실 줄 몰랐소. 이번 신관 사또 모시러 한양에 갔다 오느라 노독(먼 길을 오가느라 지치고 시달려서 생기는 병)이나 아니 났사온지요? 사또님은 어떠하시온지요?"

"보다시피 우리 같은 것은 이렇듯 별 탈 없고 사또님께서도 편안하시다."

"한양에를 가셨으면 이 한림 구관 댁에도 들르셨소? 도련님이 편지 한 장 안 주시던가요?"

"일이 급해서 들르지 못했구나. 그래, 앓는다더니 좀 어떠하냐?"

"이렇게 누워만 있으니 답답하오. 모처럼 오셨는데 어머니 계신 안채로 들어가십시다."

이때 월매가 나왔다.

"왜들 이러고 있나? 어서 들어가세."

월매는 번수들을 데리고 안채로 들어갔다. 향단이가 술상을 차려 번수들 앞에 갖다 놓는다. 솜씨 있는 집이라 잠깐 차려도 푸짐하다.

월매가 술을 부어 권하고 향단이가 눈치 있게 술도 들이고 안주도 들이니 김 번수, 이 번수는 마냥 취하도록 술을 마셔 혀가 꼬부라지기 시작하였다.

이때 춘향이 돈 닷 냥을 가지고 나와 번수들에게 주며 일렀다.

"변변치 못하나 가시다가 술이나 더 사 잡숫고 가시오."

그러니 번수들은 취한 중에도 인사를 차렸다.

"돈이라니 당치 않다. 우리가 돈 바라고 이 집에 온 줄 아는가?"

"쇠가 쇠를 먹고 살이 살을 먹는다고 우리가 어찌 이 돈을 받는단 말이냐? 어서 도로 넣어라."

번수들은 한마디씩 하며 한사코 받지 않는다. 월매가 굳이 손에 쥐여 주며 이른다.

"이 사람들, 춘향이 마음이니 어서 받아 두게. 그리고 춘향이 일이나 뒷말 없게만 해 주게."

"김 번수야, 네가 차라."

"이거 옳지 않다마는 받는 수밖에 없구나. 헌데 엽전 닢 수나 다 옳으냐?"

번수들은 하는 수 없이 돈을 꽁무니에 차고 비틀비틀 춘향이 집을 나서 관가로 돌아갔다.

형방은 춘향을 데려오지 못한 두 놈을 붙들어 옥에 가두고 처먹은 술이 다 깨도록 단단히 혼내 주었다. 그리고 이번엔 행수 기생을 춘향에게 보냈다. 행수 기생은 평소 춘향이 기생 구실 아니하고 양반 서방 맞아 집안에 들어앉아 있는 것을 아니꼽게 여기던 터라, 네가 견디면 얼마나 견디나 보자 하고 두 손뼉 마주 땅땅 치며 춘향을 불러냈다.

"여봐라 춘향아! 어서 썩 나오너라."

춘향은 누웠던 자리에서 일어나 방문을 열고 반갑게 웃으며 행수 기생을 맞이하였다.

"행수 형님, 무슨 일인지 방으로 올라오시오."

"춘향아, 네 언제부터 그리 도도하여 사또님이 부르시는데도 오지 않느냐? 너만 한 정절은 내게도 있고 너 정도 수절은 나도 할 수 있다. 네 정절이 왜 있으며 네 수절이 무엇에 쓰자는 것이냐? 정절 부인 아가씨, 수절 부인 아가씨, 조그마한 너 하나로 육방이 소란스럽고 청들 두목이 다 죽어난다. 어서 나서라. 바삐 가자."

행수 기생이 야단을 친다.

춘향이 하릴없이 문밖으로 나서며 말하였다.

"행수 형님, 사람 괄시를 그리 마시오! 누워서 앓는 사람에게 어찌 그럴 수 있소? 거기라고 대대로 행수 노릇 하며 나라고 대대로 춘향이겠소? 한 번 죽으면 그만인 인생, 한 번 죽지 두 번 죽겠소?"

이럴 때 사령들이 또 달려 나와 사또 분부를 전하였다. 춘향은 며칠 앓은 모습 그대로 치마저고리를 입고 흐트러진 머리를 쓸어 만지며 대문 밖으로 나섰다.

 월매는 안에서 달려 나와 앓는 사람이 어딜 가느냐고, 못 데려간다고 애처롭게 매달렸으나 사또 분부를 어찌 어길 수 있으리오.

삼천 리 귀양 간들 우리 낭군 못 잊겠소

춘향은 이리 비틀 저리 비틀 걸어 동헌으로 들어갔다.

"춘향이 대령하였소."

사또가 대청 아래 앉은 춘향을 내려다보니 정녕 천하일색이라 황홀하였다.

"춘향이가 분명하구나. 어서 이리 올라오너라."

춘향이 마지못해 동헌 대청 위로 올라가 멀찍이 무릎을 바로 하고 단정히 앉는다.

사또는 마음이 대단히 좋아 분부를 내렸다.

"여봐라, 가서 회계 나리 오시래라."

회계 생원이 고개를 살래살래 흔들며 나왔다.

구관 사또를 모시던 목 낭청보다도 더 고리게 생긴 위인이다.

"무슨 좋은 일이라도 생겼소이까?"

"보게. 저게 춘향일세."

"하! 고것 아주 예쁘고 잘생겼소이다. 사또께서 서울에 계실 때부터 춘향이, 춘향이 하시더니 한번 구경할 만하외다."

사또가 크게 웃으며 물었다.

"자네 중신하겠나?"

이 말에 생원은 어떻게 대답을 해야 할지 몰라 고개만 살래살래 흔들며 기침을 두어 번 하였다.

"사또께서 처음부터 춘향이를 이리 부르시지 말고 매파를 보내시는 게 옳을 것을. 일이 좀 경솔하게 된 듯도 하오만, 이미 불렀으니 아무래도 혼사할 밖에 다른 수가 없는 듯하외다."

사또는 입을 헤벌쭉 벌렸다. 그리고 춘향에게 점잖고 부드러운 목소리로 말하였다.

"춘향아, 내 말 들어 봐라. 네 소문이 하 높기로 내 다른 벼슬 마다하고 남원 부사를 원하여 내려왔다. 그래, 구관 댁 도령이 네 머리를 얹었다 하니 도령이 떠난 뒤에 네 어찌 혼자 살 수 있었겠느냐. 응당 좋은 사람을 다시 두었을 터, 관속이냐 한량이냐? 어려워 말고 바른대로 말하여라."

춘향이 분하고 치가 떨리는 것을 참으며 조용히 여쭈었다.

"소녀 비록 기생의 딸이오나 관가의 기생으로 이름 올리지 않고 집에서 지내옵더니, 구관 댁 도련님이 소녀의 집을 찾으시어 백년가약을 맺자 간청하시기에 어머님 허락을 받고 서로 굳은 맹세를 다진 몸이오라, 사또님 말씀 소녀에겐 당치 않소이다."

사또는 퍽이나 너그러운 사람처럼 껄껄 웃으며 칭찬한다.

"얼굴 보고 말 들으니 안팎으로 아름답구나. 인물 좋은 계집들치고 행실 바른 게 없건마는 꽃다운 네 얼굴에 옥 같은 마음 참으로 어여쁘고 갸륵하다. 허나 이 도령은 서울 문벌 높은 양반 자제로 명문 귀족의 사위가 되고 과거 급제 출세하여 갖은 향락을 다 누릴 것이니, 천 리 타향에 한때 사랑으로 잠시 희롱하던 너를 조금이나 생각할 줄 아느냐?

너는 본디 행실이 깨끗하여 한마음으로 절개를 지키겠다지만 고운 네 얼굴 시들고 검은 머리 백발 되면 그때 가서 무정한 세월을 탓한들 불쌍하고 가여운 게 네 아니고 누구랴. 네 아무리 수절한들 너 하나 늙어지면 누가 너를 곱다 하랴. 그러니 딴생각 말고 마음을 고쳐 오늘부터 의복 단장하고 수청 들어라."

춘향은 고쳐 앉으며 대답하였다.

"춘향이 먹은 마음 사또님과 다르외다. 충신은 두 임금을 섬기지 아니하고 열녀는 두 남정을 섬기지 아니한다 하옵는데 어찌 그런 분부를 하시오니이까. 올라가신 도련님이 소녀를 찾지 않으시면 수절하다 죽은 열녀들의 뒤를 따라 꽃 지는 봄바람과 잎 지는 가을비에 깨끗이 이 한 몸 죽을지언정, 소녀의 이 마음 고칠 수 없사오니 처분대로 하옵시오."

이때 회계 생원이 나앉으며 그 말을 받아 꾸지람한다.

"네 여봐라, 어 그년 요망한 년이로고. 이 좁은 세상 하루살이 같은 인생에 네 아름다움이 뭐 별것이랴. 네 여러 번 사양할 게 무엇이냐? 사또께옵서 너를 어여삐 보아 하시는 말씀인데 너 같은 창기에게 수절이 무엇이며 절개가 무엇이냐? 구관을 보내고 신관을 맞이하여 모시는 것이 예절에도 당연하고 이치에도 맞거늘 네 어찌 괴이한 말을 하며, 너 같은 천기에게 충렬이란 두 글자가 어찌 있을꼬."

춘향이 너무도 기막혀 회계 생원의 간사스러운 낯짝을 보았다.

"소녀는 창기가 아니오. 소녀 기생의 딸이오나 충효 정절에도 위아래 있소? 잘 들으시오. 기생으로 말합시다. 해서 기생 농선이는 정절을 지켜 동선령에 죽어 있고, 선천 기생은 나이 어리되 칠거 학문 배웠으며, 평양 기생 계월향은 왜장을 죽이고 충렬문에 들어 있고, 진주 기생 논개도 충렬문에 모셔 있고, 청주 기생 화월이는 삼층각에 올라 있고, 안동 기생 일지홍은 살아서 열녀문에 들었으니, 기생이라 천대 마옵시오."

사또 크게 노하여 얼굴이 일그러진다.

"그래, 네 마음이 그러하여 관장의 명을 거역하고 형장 아래 죽을지라도 네 마음 고치지 못하겠다는 게냐?"

"소녀, 도련님을 처음 만나 해와 달을 두고 맹세한 굳은 마음 그 어떤 힘으로도 빼내지 못하오며 그 어떤 말로도 옮겨 가지 못할 것이오. 사람의 아내가 되어 마음을 고쳐 두 지아비를 섬기라 하시니, 사또님은 나라에 큰 도적이 들었을 때 마음을 고쳐 두 주인을 섬기겠나이까? 처분대로 하소서."

사또는 크게 소리친다.

"형리!"

"예이."

"저년이 관정에서 발악하고 관장을 조롱한다. 《대전통편》에 있는 대로 일러 줘라."

형리는 《대전통편》을 펼쳐 읽는다.

"모반 대역하는 자는 능지처참하라 하였고, 관정에서 악을 쓰며 관장을 거역하고 조롱하는 자는 엄히 벌하여 멀리 귀양을 보내라 하였소이다."

"네 이년 들었느냐?"

사또는 또 호령하나 춘향은 조금도 굽히지 않는다.

"그러면 남의 아내 억지로 뺏는 자는 어찌하라 하였나이까?"

사또는 기가 막히고 분통이 터져 주먹으로 벼루 상을 친다.

"이년!"

첫마디에 목이 쉬었다. 탕건이 벗어지고 망건 끈이 툭 끊어지며 상투 코가 탁 풀렸다.

"이년! 네 죽는다 서러워 마라. 여봐라!"

"예이."

"이년을 잡아 내려라!"

"예이."

통인이 달려들어 춘향이 머리채를 잡아 끌어내며 급창(수령의 명을 받아 큰소리로 전하는 일을 하던 사내종)을 부른다.

"급창!"

"예이."

"이년 잡아 내려라!"

"예이."

춘향이가 머리채 잡은 통인의 손을 뿌리치고 제 발로 걸어 동헌 층대를 내려가니 급창이 달려든다.

"요년! 어떠하신 어른 앞이라고 대답이 그러하고야 살기를 바랄쏘냐?"

춘향이를 잡아 대뜰 아래 내리치니 범 같은 군노 사령들이 벌 떼같이 달려들어 감태 같은 머리채를 정월 대보름에 연실 감듯, 뱃사공이 닻줄 감듯, 사월 팔일에 등대 줄 감듯 휘휘친친 감아쥐고 동댕이쳐 엎으니, 불쌍하다 춘향이 신세, 사람의 눈으로 차마 그 모습을 어이 보랴. 백옥 같은 고운 몸이 동헌 뜰에 무참하게 쓰러지는구나.

양옆에는 나졸들이 능장, 곤장, 형장*이며 붉은 칠한 몽둥이를 짚고 늘어선다.

사또가 소리친다.

"아뢰라. 형리 대령하라!"

"예이, 형리 대령하였소."

형리가 사또 앞에 나선다.

---

*능장은 밤 순찰을 돌 때 쓰던 기구로 길이가 150센티미터쯤 되는 나무에 쇳조각 따위가 달려 있다. 곤장은 죄인의 볼기를 치던 형구로 버드나무로 넓적하고 길게 만들었다. 형장은 죄인을 신문할 때 쓰던 몽둥이.

사또는 어찌나 분하던지 몸을 벌벌 떨며 기가 막혀 어푸어푸한다.

"여봐라, 저년을 때려서 다짐을 받아라!"

"예이. 춘향이 들어라. 네 미천한 계집으로 충절이니 정절이니 하며 사또의 엄하신 분부를 마다하고 발악하니 네 죄는 만 번 죽어 마땅하다. 너를 바로 때려죽여 본보기로 삼고자 하니 네 마지막 다짐을 써라."

형리는 다짐장을 들고 내려가 춘향이 앞에 놓는다.

춘향은 쓰러진 자리에서 일어나 앉아 조금도 주저하지 않고 붓을 들어 한 일(一) 자를 그은 다음 그 아래 마음 심(心) 자를 쓰고 붓대를 내던진다.

형리가 그 다짐장을 사또에게 올리니, 사또는 더욱 성이 나 아래턱까지 덜덜 떨면서 호령하였다.

"무엇이? 일심이라고? 요 발칙한 년! 여봐라, 저, 저, 저년을 형틀에 올려 매고 정강이를 부수고 물고장을 올려라."

사령들이 달려들어 춘향을 형틀에 올려 묶는데, 집장사령은 오른팔 소매를 걷어 큰 팔을 쑥 빼내어 들더니 형장이며 태장이며 곤장이며 한 아름 듬뿍 안아다가 형틀 앞에 좌르르 펼쳐 놓는다. 요란스러운 소리에 춘향은 정신이 아찔해진다.

집장사령(볼기 치는 일을 집행하는 사람)은 펼쳐 놓은 막대기들 중에서 이놈도 집어 능청능청해 보고 저놈도 집어 능청능청해 보며 등심 좋고 빳빳하고 잘 부러지는 놈으로 골라잡고 대청 위의 영을 기다릴 제, 악에 받친 사또 목소리가 떨어졌다.

"분부 들거라!"

"예이."

"그년 사정 봐주려고 헛장질하다가는(아프게 치는 시늉으로만 곤장질하다가는) 당장에 네 목이 떨어질 것이니, 그리 알고 각별히 매우 쳐라."

집장사령은 우정 소리를 크게 내어,

"사또님 분부 지엄하온데 저러한 년을 무슨 사정 봐주오리까. 이년! 다리를 까딱 마라. 괜히 움직이다가는 뼈 부서지리라."

호통을 치고, 군노 사령들 받아 외치는 소리에 발맞추어 형틀 앞에 바싹 다가서면서, 가만히 말한다.

"한두 개만 견디소. 어쩔 수가 없네. 요 다리는 요리 틀고 저 다리는 저리 트소."

"매우 쳐라!"

"예잇, 때리오."

형장을 휘둘러 춘향이 앞정강이에 딱 붙이니 부러진 막대는 푸르르 날아 공중에 빙빙 솟아 상방 대뜰 아래 떨어지고 춘향은 신음한다.

곤장과 태장을 치는 데는 사령이 서서 그저 하나 둘 세지만, 형장부터는 법이 정한 매질이라 형리와 통인이 닭쌈하듯 마주 엎드려서 하나 치면 하나 긋고 둘 치면 둘 긋고, 무식하고 돈 없는 놈이 술집 바람벽에 술값 긋듯 그어 놓으니 한 일 자가 되었다.

춘향은 아픔을 참으며 말한다.

"일편단심 굳은 마음, 한 낭군 지켜 죽을 것이니 한낱 형장 친다고 이 마음이 변하리까."

이때 남원 사람들 남녀노소 할 것 없이 몰려와 구경하는데 젊은 한량들이 한쪽에 서서 벼른다.

"참으로 모질구나. 우리 고을 원님 모질고 모질구나. 저런 형벌이 어데 있으며 저런 매질을 왜 하는가. 집장사령 놈 눈에 익혀 두어라. 삼문 밖에 나오기만 하면 당장 죽이리라."

이런 참혹한 모습을 보고 듣는 사람이야 누가 눈물 흘리지 않으리오. 매우 치라는 소리가 동헌 마당에 또 내려친다. 두 번째 형장을 딱 치니 춘향이 이리 말한다.

"이팔청춘 젊은 이 몸 어찌 두 낭군을 섬기리까. 이 매 맞고 영 죽어도 이 도령은 못 잊겠소."

세 번째 형장을 딱 친다.

"세 가지 따르는 법 세 살부터 배운 이 몸, 삼천 리 귀양 간들 삼청동 우리 낭군은 못 잊겠소."

네 번째 형장을 딱 친다.

"사대부 사또님은 사십팔 면 남원 공사 살피지 아니하고 유부녀 희롱하는 사삿일에만 힘을 쓰니 사십팔방 남원 백성들 사무친 원한을 왜 모르시오. 사지를 가른대도 같이 살고 같이 죽을 우리 낭군 사나 죽으나 못 잊겠소."

다섯 번째 형장을 딱 붙인다.

"오월 단오 맺은 사랑, 올올이 찢어 낸들 잊으리까. 오리정에서 이별

한 임 오실 때만 기다리오니 그런 줄만 아옵시오. 오동잎 떨어지는 가을 밤 밝은 달은 임 계신 데 보련마는 오늘이나 편지 올까 내일이나 기별 올까."

춘향의 신음 소리는 보는 사람들 가슴을 도려낸다. 험궂은 집장사령도 속으로 생각한다.

'세상에 이처럼 어여쁘고 절개 있는 여인도 없겠는데 무지한 형장으로 치라 하니 이런 법도 있는가. 이 노릇도 못 할 일이구나.'

그러니 형장을 휘둘러 소리만 크게 지르고 요리조리 요령 있게 친다. 허나 어찌 매번 헛장을 치랴. 매를 칠 때마다 춘향이 검은 머리는 흰 저고리 어깨 위에 구름처럼 요동치고, 두 눈에선 눈물이 솟아 얼굴을 적시며, 어찌나 이를 악무는지 입술에도 피가 진다.

인정 없는 사또의 분부가 또 떨어진다.

"매우 쳐라!"

"예이."

집장사령이 여섯 번째 형장을 치니 춘향은 굳은 뜻을 굽히지 않고 말한다.

"육만 번 죽인대도 육천 마디에 어리고 맺힌 사랑 어느 한 마디라 변할 리 전혀 없소."

일곱 번째 형장을 친다.

"일곱 가지 죄를 지은 몸이 아니어든 일곱 개 형벌이 어인 일이오. 칠 척 되는 칼로 동동이 잘라 내어 이제 바삐 죽여 주오. 치려 하는 저 형방아, 칠 때마다 보지 마소. 고운 얼굴 나 죽겠네."

여덟 번째 형장을 친다.

"팔자 좋은 춘향이가 팔도 원님들 중에 제일 명관 만났구나. 팔도 방백 벼슬 사는 양반님네 백성 위해 내려왔지 악형하러 내려왔소?"

아홉 번째 형장을 친다.

"아홉 굽이 이내 간장 굽이굽이 썩은 눈물 구 년 홍수 되리로다. 아홉 굽이 깊은 산 소나무 베어 배 만들어 한양 성중 얼른 가서 구중궁궐 임금님께 구구한 사연 아뢰옵고, 궁궐에서 물러나와 삼청동을 찾아가서 언제면 우리 도련님 반가이 만나 굽이굽이 맺힌 마음 풀어 볼까."

열 번째 형장을 친다.

"열 번 살고 아홉 번 죽어도 팔십 년 정한 뜻을 십만 번 죽인대도 어쩔 수 없소. 열여덟 어린 춘향 형장 아래 죽는 이 몸 원통하고 절통하오."

애처롭고 가엾구나. 춘향의 굳은 절개 열 개 형장 치고 보니 '십장가'가 되었구나.

형장 열 개를 쳤으면 아무리 악독한 사또라 할지라도 무슨 헤아림이 있을 줄 알았더니 동헌 대청에서 매우 치라는 소리가 미친 듯 계속 울린다.

"매우 쳐라!"

열다섯째 딱 붙인다.

"십오야 밝은 달은 띠구름에 묻혀 있고 서울 계신 우리 낭군 삼청동에 묻혔으니, 달아 달아, 보느냐? 임 계신 곳 나는 어이 못 보는고."

형장은 스무 개를 넘어 스물다섯 개가 부러져 나갔다.

"이십오현 타는 달밤에 원한 이길 수 없어 돌아오는 저 기러기, 너 가는 데 어드메냐. 가는 길에 한양성 찾아들어 삼청동 우리 임께 내 말 부디 전해다오. 내 꼴 자세히 보고 부디부디 잊지 마라."

피와 눈물이 한데 흘러 치마저고리를 적시고 형틀 아래 동헌 마당을 적시니 지리산 골짜기 붉은 냇물이 되겠구나.

하지만 춘향의 뜻은 조금도 꺾이지 않았다.

"소녀를 이리 말고 어서 빨리 죽여 주시오. 내 넋 접동새 되어 쓸쓸한 동산 달 밝은 밤에 울고 울어 우리 도련님 잠드신 꿈을 깨워 만나 볼까 하오니……."

춘향이 말을 못다 하고 기절한다. 엎드려 형장 수를 긋던 형리도 통인도 애처로워 눈물짓고, 매질하던 집장사령도 눈물 씻고 돌아선다.

"사람의 자식으로 못할 짓이로다."

둘레에서 구경하던 사람들도 눈물을 씻는다.

"춘향이 매 맞는 꼴 사람이 돼선 못 보겠다. 모질고 모질구나. 춘향이 정절이 모질어. 참으로 하늘이 낸 열녀로다."

남녀노소 누구나 눈물 흘리며 이런 말을 할 제, 사또는 춘향을 더 어쩌지 못해 소리친다.

"네 이년! 관정에서 발악하고 매 맞으니 좋은 게 무엇이냐? 앞으로 또 내 뜻을 거스를 테냐?"

반쯤 정신을 잃은 춘향이 더 악을 쓰며 말한다.

"사또, 들으시오. 계집이 한을 품으면 죽고 삶을 가리지 않는다 하였는데, 어이 그리 모르시오? 계집의 야속한 마음 오뉴월 서리 치네. 내 원혼 이리저리 다니다가 임금님께 이 억울한 사정을 아뢰오면 사또인들 무사할까? 어서 죽여 주오."

"저, 저년, 말 못 할 년이로다. 여봐라!"

"예이."

"저년을 큰칼 씌워 옥에 가두어라!"

사령들이 달려들어 춘향을 형틀에서 풀어, 희고 가느다란 목에다 큰 칼을 덜컥 씌워 칼머리에 인장 찍어 봉했다. 사령이 등에 업고 삼문 밖으로 나오니 기생들과 부인네들이 따라 나온다.

"아이고, 서울집아, 정신 차리게."

"아이고, 불쌍도 하다."

그러면서 춘향이 팔다리도 주무르고 약을 갈아 입에도 넣어 주며 서로 붙들고 눈물을 흘린다. 이때 키 크고 속없는 추향이가 들어와 주책없이 떠벌린다.

"우리 남원에도 열녀문에 달 현관감이 생겼구나."

그러면서 춘향에게로 왈칵 달려들어 우는구나.

"아이구 서울집아, 불쌍하여라."

이렇듯 여인들이 야단할 때 월매가 이 소식 듣고 향단이를 데리고 허둥지둥 정신없이 달려오더니 칼 쓴 목을 그러안고 통곡한다.

"아이고, 이게 웬일이냐. 죄는 무슨 죄며 매는 무슨 매냐. 장청의 장교님네, 길청의 이방님네,* 내 딸이 무슨 죄요? 장군방 두목들아, 매 치던 사령아, 무슨 원수 맺혔기에 이다지도 때렸느냐?

아이고, 내 일이야. 다 늙은 이년 신세 의지 없이 되었구나. 아들 없이 외딸 하나 집 안에 고이 두고 은근히 길러 낼 제, 밤낮으로 책을 보고 부녀자 행실 공부하며 '어머니, 아들 없다 서러워 마오. 외손봉사*는 못 하리까.' 하며 이 어미 받드는 지극한 그 정성 어느 효자인들 내 딸보다 더할쏘냐. 자식 사랑 부모 공경 위아래가 다를 바 없겠거니…….

아이고 가슴이야. 이 형벌이 웬일인고. 형방의 사령들아, 윗사람 영이 엄하다고 이다지도 몹시 쳤느냐? 아이고, 내 딸 상처 보소. 흰 눈 같은 두 다리에 연지 같은 피가 졌네. 이름난 양반집의 자식 없는 부인들은 눈먼 딸이라도 바라더라만 그런 데서 나질 못하고 이 몹쓸 년의 딸이 되어 이 지경이 되었구나. 춘향아, 정신 차려라. 아이고아이고, 춘향아."

향단이도 매 맞은 자리를 어루만지며 통곡을 한다.

"아씨, 꽃잎같이 연한 몸에 이 상처가 웬일이오. 도련님이 보신다면 얼마나 분하고 원통하시리까."

월매 이 말 듣더니 울음을 그치고 이른다.

"향단아, 어서 가서 삯꾼 둘만 사 오너라."

* 장청은 장교가 근무하던 곳, 길청은 구실아치가 일을 보던 곳.
* 외손봉사는 아들이나 손자 대신 외손이 제사를 지내는 것.

"삯꾼은 왜요?"

"서울 도련님께 심부름 보낼란다."

춘향이 혼미한 정신에도 이 말 듣고 어머니를 잡는다.

"어머니, 그게 무슨 말이오? 이 소식을 도련님이 아시면 층층이 부모님 모시는 몸으로 어찌할 바를 몰라 괴로운 마음이 병이 되면 어찌하오? 소식 보내지 마오."

월매는 더 말을 못 하고 울기만 하는데 옥사쟁이(옥에 갇힌 사람을 맡아 지키던 사람)가 재촉한다. 향단이가 춘향을 등에 업고 옥으로 가는데 월매는 칼머리를 들고, 앞에는 옥사쟁이가 서고 뒤에는 옥형방이 따랐다.

남원의 온 여인들이 이 광경을 보고 달려들어 모두 눈물을 흘렸다.

"세상에 이런 일도 있나."

"불쌍도 하다."

"기특도 하다."

"우리 남원에 이런 열녀가 있을 줄 몰랐구나."

서로 울며 칭찬하며 춘향이 목에 쓴 칼도 들어 준다. 옥문 앞에 다다르니 궂은비가 뿌리고 음산한 바람이 부는데, 옥형방이 성벽같이 잠긴 옥문을 열고 춘향을 넣은 다음 문을 절커덕 채운다. 월매는 옥문 앞에 쓰러져 기절하고, 향단이는 땅을 치며 운다.

"아이고, 아씨 어쩌나. 우리 아씨 어쩌나."

따라오던 부인들도 한마디씩 동정한다.

"아까워라."

"가여워라."

"스산하고 차디찬 옥중에서 저 꽃 같은 것이 죽지 않고 살 수 있나."

통곡하는 월매를 서로들 위로하나, 오래 있을 수는 없어 춘향을 옥중에 두고 모두 돌아갔다.

한 지아비 섬기는 죄로 옥에 갇혀

찬 바닥에 쓰러져 있던 춘향은 온몸이 쑤시고 아파 목을 내리누르는 칼을 들고 일어나 앉는다. 옥방 안을 둘러보니 부서진 창틈으로 찬바람이 살을 쏘는 듯 불어 들어오고 무너진 벽이며 차가운 돌바닥의 헌 자리는 볼수록 어수선한데 빈대와 벼룩마저 온몸에 달라붙는다.

춘향이 가슴이 막혀 혼자 울고 있는데 옥사쟁이가 들여보내 주었는지 옥방 앞으로 어머니와 향단이가 들어왔다.

월매는 살창문을 부여잡고 울다 못해 숨이 넘어가는 소리로 흐느낀다.

"춘향아, 네 무슨 죄가 있어 이런 곳에 갇혔느냐."

"어머니, 여기는 왜 또 들어오셨소?"

"이것아, 너를 여기 두고 이 어미가 어딜 가랴. 네가 쓴 그 칼 내가 쓰자. 너 죽으면 나도 죽을란다."

"어머니, 서러워 말고 집으로 돌아가오. 죄 없는 춘향이가 설마한들 죽으리까. 우박 치는 창검 속이라도 죽지 않고 살 터이니 걱정 말고 돌아가오. 안 가시고 이렇게 울기만 하시면, 못 할 말이오나 이 자리에서 죽을 테니 집으로 가 주오."

옥사쟁이가 가까이 오더니 그만 나가라고 재촉한다. 어머니는 할 수 없이 옥중에 딸을 두고 돌아서니 하늘땅이 아득하여 엎어지며 쓰러지며 나간다.

춘향은 향단이를 불러 어머니를 부탁해 일렀다.

"향단아!"

"아씨!"

"내 걱정은 아에 말고 집으로 돌아가서 이웃집 부인들께 간청하여 어머니 우시거든 위로해 달라 하고 미음도 자주 쑤어 권하여라. 문갑 안에 인삼 몇 뿌리 들었으니 아침저녁 진하게 달여 어머니께 드려라."

"아씨, 그런 염려는 마시오."

"나 없다고 서러워 말고 어머니를 잘 모셔 다오. 내 안 죽고 살아 나가면 네 은혜를 꼭 갚으리니, 울지 말고 그만 어머니 모시고 나가거라."

"아씨, 제발 천금같이 귀한 몸 돌보시오."

향단이는 어린애처럼 훌쩍이며 월매를 모시고 옥문 밖으로 나갔다.

옥사 안에 이제 울음소리마저 잠잠해지고 창문으로 불어 드는 바람소리만 처량하였다. 옥방 안에 혼자 앉았으니 세상천지에 이런 적막이 어데 있고 이런 슬픔이 어데 있으랴. 춘향은 혼자 울며 흐느끼고 한숨 지으며 날과 달을 보내게 되었으니 그 울음이 '장탄가'(크게 한탄하는 노래)로 되었다.

이내 죄가 무슨 죄냐.

나라 재물 훔쳤던가, 엄한 형장 웬일이며

살인 죄인 아니어든 목에 큰칼 웬일인가.

반역 죄인, 인륜 배반 아니어든 사지 결박 웬일이며

간통한 죄 아니어든 이 형벌이 웬일인고.

맑은 강물 먹물 삼고 푸른 하늘 종이 삼아

설운 사연을 적고 적어 하느님께 올리면은

풀릴 날이 있을런가.

우리 낭군 그리워 가슴 답답 불이 붙네.

한숨이 바람 되어 붙는 불을 더 부치니

속절없이 나 죽겠네.

홀로 있는 저 국화는 높은 절개 거룩하고

담 안의 푸른 솔은 천년 절개 지녔구나.

푸른 저 솔 나와 같고 누른 국화 임과 같다.

슬픈 생각 못 이기어

뿌리나니 눈물이요 적시나니 한숨이라.

한숨은 바람 되고 눈물은 실비 되어

바람이 실비를 몰아 임 계신 창문 밖에
뿌리거니 뿌리거니 임의 잠을 깨웠으면.

견우직녀는 칠석날에 만나는데
은하수 막혀도 어긴 날이 없었건만
우리 낭군 계신 곳엔 무슨 물이 막혔기에
소식조차 못 듣는가. 이리 그리워 어이 살리.
아주 죽어 잊었으면.

차라리 이 몸 죽어 접동새 넋이 되어
배꽃도 희고 달빛도 흰데
삼경 깊은 밤에 구슬피 울고 울어
낭군 귀에 들리고자.

맑은 강 원앙 되어 짝을 불러 다니면서
다정하고 유정함을 임의 눈에 보이고자
봄날 나비 되어 향기 묻은 두 나래로
너울너울 날아가서 임의 옷에 앉고 지고.

저 하늘 달이 되어 밤이 되면 도두 올라
휘영청 밝은 빛을 임 얼굴에 비추고자.

이내 간장 썩는 피로 임의 얼굴 그려 내어
방문 앞에 걸어 두고 들며 나며 보고 지고.

수절하는 젊은 몸이 참혹하게 되었구나.
맑고 맑은 옥구슬이 진흙 속에 묻힌 듯
향기로운 상산초*가 잡풀 속에 섞인 듯
오동 속에 놀던 봉황 가시덤불에 깃들인 듯.

예부터 성현들도 죄 없이 귀양 가고
옥중에서 고생하다가 때를 만나 놓여나와
후세에 이름 남긴 큰 성인이 되었으니
이런 일로 생각하면 이내 몸도 살아나서
세상 구경 다시 하고 임을 다시 보련마는.

답답하고 원통하다, 날 살릴 이 그 누구랴.
서울 계신 우리 낭군 벼슬길로 내려와서
죽어 가는 이내 목숨 살릴 날이 없을쏜가.

산이 높아 못 오는가, 물이 깊어 못 오는가.

*상산초는 백합과에 속한 여러해살이풀.

금강산 상상봉이 평지 되면 오시려나.
병풍에 그린 닭이 두 나래 툭툭 치며
날 새라고 우는 새벽 나를 찾아오시려나.

춘향이 시름을 이기지 못해 창 앞으로 다가가니 밝은 달빛이 옥방 안으로 흘러든다. 춘향은 무거운 칼을 쓰고 홀로 앉아 달을 보고 하소연한다.

"저 달아, 너는 임 계신 데 보느냐? 밝은 네 빛을 빌려 다오. 나도 임 계신 데 보련다. 우리 임 누웠더냐, 앉았더냐? 보는 대로만 일러 다오."

이렇듯 달을 보고 하는 말이 눈물 되고 울음 되어 슬피 울다가 문득 잠이 들었다.

꿈인지 생시인지 모를 사이에 나비도 되어 보고 바람같이 구름같이 날아올라 한 곳에 이르니, 하늘과 땅이 넓고도 시원스럽게 열려 산은 푸르고 물은 맑고 은은한 대숲 사이로 화려한 누각이 봄빛 속에 잠겨 있다.

봄날 베개 위 짧은 꿈에 강남 천 리를 간다더니 멀리 온 듯도 하여 한참 이리저리 헤매다 가만히 살펴보니 희귀한 꽃들이 가득 피어 향기 그윽한 꽃길에 낭자 셋이 나오는데, 석숭의 애첩 녹주*가 등을 들고 논개와 월선*이 뒤따라 춘향이 앞으로 다가와서 공손히 절하며 묻는다.

---

* 녹주는 중국 진나라 사람 석숭의 첩으로 석숭이 자기를 지키려다 벌을 받게 되자 누각에서 뛰어내려 죽었다.

"어데서 오시는 부인이시오이까?"

"조선 남원 땅에서 왔소."

낭자들은 반가이 맞이한다.

"오실 줄 알고 기다리고 있었소이다."

그리고는 춘향을 화려한 궁궐로 이끈다. 들어가는 문 위에는 황금색 큰 글자로 '만고정절 황릉묘*'라는 현판이 붙어 있고, 합각지붕 추녀 끝에는 붕어 모양의 풍경이 달려 뎅그렁거린다.

세 낭자를 따라 맑은 옥돌 층계를 올라가니 모란꽃 무늬 새긴 붉은 향나무 문들이 열리며 높은 대청이 보인다. 눈여겨 살펴보니 대청 위엔 아름다운 부인들이 앉아 있는데, 그중 한 부인이 손을 들어 올라 오라 청한다.

춘향은 사양하며 말한다.

"티끌 많은 인간 세상의 천한 몸으로 어찌 감히 오르오리까."

그 부인이 기특히 여겨 친히 춘향이 손을 잡아 오르게 하고 옆에 앉히며 말한다.

"네가 춘향이냐? 기특도 하구나. 우리는 순임금의 부인 아황과 여영이라. 네 장한 소식을 듣고 간절히 보고 싶어 잠시 너를 청한 것이니 어려이 알지 마라."

---

*논개는 임진왜란 때 일본 장군을 안은 채 촉석루에서 떨어져 죽었다. 월선은 계월향으로도 부르며, 임진왜란 때 일본 장군을 속여 목을 베게 한 뒤 자결했다.
*황릉묘는 중국 순임금의 두 비인 아황과 여영의 사당.

"황공하오이다."

"그래, 너는 기생의 딸이 되어 천한 몸이라 하지만 너같이 마음과 행실이 깨끗하고 어여쁜 사람이 어찌 천한 사람이겠느냐. 나라 위해 충절을 지켜 충렬문에 들고, 한 지아비 섬기며 정절을 지켜 열녀문에 든 여인들이 여기 있느니라."

그러고는 부인네들을 알려 주는데, 모두 춘향이 마음속으로 따르던 충렬 부인, 정렬 부인들이었다. 춘향이 일어나 부인들에게 다시금 절을 하였다.

"소녀 비록 아는 것은 없사오나 글과 예절을 배우며 마음속으로 따르던 충렬부인, 정렬부인들을 이처럼 뵈오니 죽어도 한이 없나이다."

"네가 그처럼 우리를 알고 마음속으로 생각하였다니 기쁘기 그지없구나. 우리는 네 소식을 듣고 눈물을 금치 못하였다. 그래, 옥중에서 얼마나 고초가 많으냐? 그 악독한 사또에게 매 맞은 자리는 어떠하고?"

부인네들은 춘향을 가운데 놓고 매 맞은 다리도 만져 보고 칼을 썼던 목과 어깨도 만져 보고 온몸을 쓸어 주면서 눈물을 흘렸다.

"얼마나 고생을 하며 울었으면 고운 얼굴이 이처럼 여위었느냐."

이렇듯 쓰다듬어 주고 위로해 주니 춘향은 하소연할 곳 없던 서러운 사연을 다 말하며 부인들에게 안겨 울고 또 울었다.

한 부인이 위로해 말한다.

"우리 조선은 예부터 예의와 도덕이 높은 나라로다. 우리는 여자 몸이지만 나라가 위급할 때는 목숨 던져 나라를 구하고자 하였으며, 한 지아비를 섬기는 데서는 그 어떤 괴로움이 닥쳐도 굽히지 않는 푸른 절개를 보여 주었으니 이 어찌 장한 일이 아니겠느냐. 나도 한 지아비를 지키고자 끝없이 고초를 겪은 뒤 귀히 되었으니. 춘향아, 너무 서러워 말고 푸른 절개를 지키노라면 눈서리 끝에 꽃을 보리니, 그리 알아라."

모든 부인들이 지난날 자기들이 겪은 분하고 억울한 사연들을 이야기하며, 춘향이에게 붉은 화로에도 녹지 않는 쇠끝같이 굳은 마음 변치 말라고 당부한다.

이때 풍악이 울리며 한쪽 문이 활짝 열리더니 오색영롱한 구름 꽃 위에 아름다운 선녀 아이들이 풍악에 맞추어 춤을 추는데, 학이 무리 지어 두 나래 펼치며 우아하게 춤을 추는 듯하였다.

저 아이들이 누구인지 물으니 정절을 지킨 어머니들과 함께 억울하게 고초를 겪고 참혹하게 죽은 아이들이라고 한다. 춘향은 가슴이 아프고 그 아이들이 어여뻐 여겨져 아이들이 춤추는 곳으로 가려 하는데, 웬일인지 발이 잘 떨어지지 않는다.

그러자 다른 부인이 춘향이 손을 잡으며 말한다.

"이제는 돌아갈 시각이 되었구나. 아무쪼록 우리 뜻을 잊지 말기 바라노라."

춘향이 부인들에게 인사를 하고 다시 옥돌 층계를 한 발짝 한 발짝 내려오는데, 어데서 종소리가 "뎅!" 울리고 나비 한 쌍이 날아드는 바람에 깜짝 놀라 자세히 보니, 옥창 앞 앵두꽃이 떨어지고, 거울은 복판이 깨어지고, 문 위에 허수아비가 달려 있다. 놀라 깨니 한바탕 꿈이었다.

"나 죽을 꿈이로다."

정신을 가다듬고 있으려니 먼 마을에 닭이 울고 어느덧 새벽을 알리는 바라 소리가 처량히 들려온다. 하늘에는 한 조각 달이 서쪽으로 기울고 기러기 떼가 애처로이 울며 날아간다.

"그 옛날 여인들이 임 계신 북녘 변방에 편지를 전하던 기러기냐? 무슨 한이 맺혀 그리도 울며 가느냐? 내 하는 말 들었다가 네 북녘 가는 길에 우리 임께 전해 주렴."

춘향은 아득한 마음으로 기러기를 보며 생각하였다. 꿈이란 모두 쓸데없다. 하지만 꿈에라도 정렬 부인들을 만나 하소연도 하고 한없이 따사로운 위로를 받으니 한결 마음이 가벼워진 듯도 하였다. 하지만 언제 죽을지 모를 이 몸이 부인들 말같이 귀하게 될 그날이 오겠는가.

하늘에는 어느덧 기러기도 간곳없고 조각달도 사라졌다. 검은 구름만이 밀려들어 굵은 빗발이 떨어진다. 바람은 일어 나무 끝에 울고, 밤새는 잠을 깬 듯 붓붓 붓붓, 문풍지는 펄렁펄렁한다. 창문을 닫고 도사리고 앉아 날 밝기를 기다리는데 비 오는 소리 더욱 요란스럽고, 문짝 흔들리는 소리, 천장에 덮은 천이 펄럭이는 소리, 무너진 뒷벽에서 흙 떨어지는 소리, 모두가 귀신 소리처럼 들렸다. 방안이며 추녀 끝이며 마루 아래서도 귀신 소리에 잠들 길이 전혀 없다.

춘향이가 처음에는 귀신 소리에 정신없이 지내더니 여러 번 들으니 겁이 없어져 청승맞은 굿거리로 들으며 주문을 왼다.

"이 몹쓸 귀신들아, 나를 잡아가려거든 조르지나 말려무나. 암급급여 율령사바쉐."

그리고 앉았을 때 옥 밖으로 멀리 봉사 하나 지나가는데, 서울 봉사 같으면 '문수하시오.' 외련마는 시골 봉사라 이렇게 외치고 간다.

"문복*하시오."

춘향이가 어머니를 찾는다.

"어머니, 저 봉사 좀 불러 주오."

월매가 나가 봉사를 불렀다.

"여보, 저기 가는 봉사님."

"게 뉘기, 게 뉘요?"

"춘향이 어미요."

"날 어찌 찾나?"

"우리 춘향이가 옥중에서 봉사님을 잠깐 오시라 하오."

봉사가 웃으면서 이른다.

"날 찾으니 뜻밖이로세. 가세."

월매가 봉사의 지팡이 잡고 길을 인도한다.

"봉사님 이리 오시오. 이것은 돌다리요, 이것은 개천이오. 조심하여

---

*문수와 문복은 점쟁이에게 운수를 묻는다는 뜻.

건너시오."

앞에 개천이 있다니 뛰어 볼까 한없이 벼르다가 펄쩍 뛰는데, 봉사의 뜀이란 게 멀리 뛰지는 못하고 위로만 한 길이나 올라간다. 멀리 뛴다는 것이 개천 한가운데 풍덩 빠졌는데, 기어 나오려고 손을 짚다가 개똥을 짚는다.

"아뿔싸, 이게 정녕 똥이지?"

손을 들어 맡아 보니 묵은 쌀밥 먹고 썩은 놈이로고. 손을 턴다는 게 모난 돌에다가 부딪치니 어찌나 아프던지 입에다가 홀 쓸어 넣고 우는데, 먼눈에서 눈물이 뚝뚝 떨어진다.

"애고애고, 내 팔자야! 조그마한 개천 하나 못 건너고 이 봉변을 당하니 누구를 원망하고 누구를 탓하리.

내 신세를 생각하니, 천지 만물을 볼 수 없어 밤낮을 내가 알랴, 사철을 짐작하랴. 봄철이 온들 복숭아꽃 피는 것을 내가 알며, 가을이 온들 누런 국화며 붉은 단풍을 어찌 알며, 부모를 내 아느냐, 처자를 내 아느냐, 벗님을 내 아느냐. 하늘의 해, 달, 별과 두껍고 얇고 길고 짧음을 모르고 밤중같이 지내다가 이 지경이 되었구나.

그야말로 소경이 그르냐, 개천이 그르냐. 소경이 그르지, 처음부터 이리 생긴 개천이 그르랴."

애고애고 섧게 우니, 월매도 서글퍼져 봉사를 달랜다.

"그만 우시오."

봉사를 씻겨서 옥으로 들어가니 춘향이 반긴다.

"애고, 봉사님 어서 오오."

봉사도 춘향이 아름답단 말을 들은 터라 반긴다.

"목소리를 들으니 춘향 각시인가 보다."

"예, 그렇사옵니다."

"내가 진작 와서 자네를 한번 볼 터로되, 가난한 살림에 일이 많아 못 오고 불러서야 왔으니 인사가 아니로세."

"그럴 리가 있소. 눈멀고 나이 드셨으니 기력이 어떠하시오?"

"내 걱정은 말게. 나를 왜 불렀나?"

"예, 다름 아니라 간밤에 흉한 꿈을 꾸었기에 꿈풀이도 하고 우리 서방님이 어느 때나 오시려나 점을 치려고 불렀소."

"그렇지."

봉사가 점을 친다.

"신령님께 빌고 비옵니다. 하늘이 무슨 말을 하시며 땅이 무슨 말을 하시리오마는, 두드리면 응하시리니 영험하신 신령님께서는 응하시어 쉬이 통하게 하소서.

　길흉을 알지 못해 의심을 풀지 못하니 신령님께옵서 밝은 가르침을 내려 주시기를 바라옵나니, 옳은 것과 그른 것을 밝혀 주소서. 두드리면 곧 응해 주시는 복희, 문왕, 무왕, 무공, 주공, 공자, 오대 성현, 칠십이현, 안자, 증자, 사자, 맹자, 성문십철, 제갈공명, 이순풍, 소강절, 정명도, 정이천, 주염계, 주회암, 엄군평, 사마군, 귀곡, 손빈, 소진, 장의, 왕보사, 주원장 여러 대선생께서 밝게 살피시고 기억하옵소서. 마의도자, 구천현녀, 육정육갑 신장이여, 연월일시 네 별자리, 괘를 나누는 동자, 괘를 던지는 동자여. 텅 빈 가운데도 느낌 있으니 지난 때와 같이 본가에서 올리는 제사에 향불 피우리니 오직 신령님께옵서 보배로운 향기를 맡으시고 원컨대 이 세상으로 내려와 주소서.

 전라 좌도 남원부 천변리 사는 임자년생 열녀 성춘향이 어느 달 어느 날에 옥에서 풀려나오며, 서울 삼청동 사는 이몽룡은 어느 날 어느 때에 이곳에 오리까? 엎드려 바라오니, 여러 신령님께서는 밝고 밝게 보여 가르쳐 주소서."

다 외고는 산통(점을 칠 때 쓰는 산가지를 넣은 통)을 철경철경 흔든다.

"어디 보자, 일이삼사오륙칠, 허허 좋다. 좋은 괘로고. 고기가 그물을 피해 노니 작은 것이 쌓여 크게 이루리라.

 옛날 주 무왕이 벼슬할 제 이 괘를 얻어 금의환향하였으니 어찌 아니 좋을쏜가. 천 리 떨어져 있더라도 서로 마음을 아니, 정든 사람을 만나리라. 자네 서방님이 오래지 않아 내려와서 평생 한을 풀겠네. 걱정 마소. 참 좋거든."

점괘를 말하나 춘향이 대답한다.

"말대로 되면 오죽 좋으리까. 간밤 꿈풀이나 좀 하여 주옵소서."

"어디 자세히 말을 하소."

"단장하던 거울이 깨져 보이고, 창문 앞에 앵두꽃이 떨어져 보이고, 문 위에 허수아비 매달려 보이고, 태산이 무너지고 바닷물이 말라 보이니, 나 죽을 꿈 아니오?"

봉사 이윽히 생각하다가 꽤 시간이 지난 뒤에 말한다.

"그 꿈 참말로 좋구나. 꽃이 떨어졌으니 열매를 맺을 것이요, 거울이 깨어지는데 소리는 없을쏜가. 문 위에 허수아비 달렸으면 사람마다 우러러볼 것이요, 바다가 마르면 용의 얼굴을 볼 것이요, 산이 무너지면 평지가 될 것이라. 좋다! 쌍가마 탈 꿈이로세. 걱정 마소. 머지않네."

한참 이리 수작하는데 뜻밖에 까마귀가 옥 담에 와 앉더니 까옥까옥 운다. 춘향이 손을 들어 후여 날린다.

"방정맞은 까마귀야, 나를 잡아가려거든 조르지나 말려무나."

봉사가 이 말을 듣고 이른다.

"가만있소, 그 까마귀가 가옥가옥 울제?"

"예, 그렇구려."

"좋다, 좋아. 가 자는 아름다울 가(佳) 자요, 옥 자는 집 옥(屋) 자라. 아름답고 즐겁고도 좋은 일이 머지않아 돌아와서 평생에 맺힌 한을 풀 터이니 조금도 걱정 마소. 지금은 복채 천 냥을 준대도 안 받을 테니 귀히 되는 때에 괄시나 부디 마소. 나 돌아가네."

"예, 평안히 가옵시고 뒷날 다시 봅시다."

용이 푸른 구름에 높이 올랐구나

서울에 올라간 이몽룡은 밤낮으로 경서와 여러 문장가들의 글을 읽어 그 뜻을 익히 알게 되니 글은 최치원을 본받고 글씨는 김생*을 따르게 되었더라.

마침 나라에 좋은 일이 있어 태평과(나라에 경사가 있을 때 특별히 치르던 과거)를 보이니, 몽룡은 이에 응시하려고 책이며 붓이며 먹, 벼루 따위를 갖추어 과거 보는 궁궐로 들어갔다.

봄빛 찬란한 가운데 과거장 춘당대(창경궁 안에 있는 대)를 바라보니 눈같이 흰 차일을 옥 층계 위에 높이 치고 붉은 장막을 늘였으니 임금님 있는 데가 분명하다.

어영청 군사들이 엄숙히 늘어섰고 양산, 일산, 청개, 홍개, 봉미선이며 갖가지 깃발이며 호미창, 자개창, 삼지창, 언월도 등 서슬 푸른 창검들이 줄을 지어 번쩍인다.

총명하고 재주 있는 선비들이 구름같이 모여드는지라, 몽룡도 춘당

---

* 김생(711~807)은 통일신라 때 명필.

대 가까이 자리 펴고 기다릴 제, 풍악이 낭랑히 울리기 시작하니 선비들 모두 붉은 장막을 우러러 절을 한다. 몽룡도 절을 하였다.

풍악이 우아하게 울리는 가운데 아름다운 무희들이 비단 적삼을 펼쳐 들고 나와 앵무 춤을 추는데 참으로 볼만하구나. 이럴 때 임금이 도승지를 불러 글제를 내리고 도승지가 시험관에게 전하니 시험관이 그 글제를 춘당대 앞에 걸어 놓는다. 글제는 '춘당춘색고금동(春塘春色古今同)'이라 뚜렷이 걸렸으니, 춘당대의 봄빛은 예나 지금이나 같다는 뜻이라.

몽룡이 글제를 보니 평소 익혀 오던 글제로다. 종이를 펼쳐 놓고 글을 어찌 지을 것인가 생각하며 용틀임 벼루에 먹을 갈아 족제비 털로 만든 무심필*에 한 절반 덤뻑 묻혀 단숨에 글을 써서 제일 먼저 바쳤다.

시험관이 몽룡의 글을 보고 놀라며 우두머리 시험관에게 올리니 그 시험관도 크게 놀라, 글자마다 붉은 점을 찍고, 글귀마다 붉은 동그라미를 치며 칭찬한다. 글씨의 기상이, 용이 하늘로 날아오르는 격이요, 기러기가 모래펄에 내려앉는 격이니 과연 뛰어난 인물이요, 우리 대의 행운이로다.

한편, 쓰기를 마친 선비들은 모두 초조한 마음으로 기다린다. 춘당대 위를 모두 우러러보는데 드디어 붉은 장막에서 시험관이 나왔다. 모두 숨을 죽이고 바라본다. 시험관은 장원 급제한 사람의 이름이 쓰인 종이를 춘당대 위에 내걸고 크게 소리쳐 부른다.

---

*무심필은 다른 종류의 털로 속을 넣지 않은 붓. 보통 고급 털로 만들며 부드럽다.

"동부승지 이준상 자제……."

"승정원 동부승지 이준상 자제 이몽룡! 이몽룡!"

세 번 부르는 소리에 춘당대가 떠나가는 듯하다. 자리에 앉았던 몽룡이 벌떡 일어나며 대답한다.

"예이."

정원사령(승정원에서 심부름하던 사람)이 달려 내려와 정중히 재촉한다. 몽룡은 손을 씻고 도포를 고쳐 입고 정원사령을 따라 옥 층계를 올라 붉은 장막 안으로 들어간다. 궁중 아악이 울리는 가운데 상감이 술 석 잔과 어사화를 내렸다. 몽룡은 나라의 큰 은혜에 사례하여 세 번 절하고 물러 나왔다.

몽룡이 이렇듯 장원 급제하고 집으로 돌아오는데, 머리에는 어사화를 꽂고, 몸에는 비단 앵삼(과거에 급제한 사람이 입던 예복)을 떨쳐입고, 허리에는 학을 수놓은 띠를 띠고 말 위에 두렷이 앉았으니, 그 모습 참으로 위풍 있고 화려하다. 말 앞에는 의장물들이 길을 인도하고 어여쁘고 꽃다운 동자들이 쌍쌍이 늘어서서 옥피리 불며 풍악을 울리니 어깨춤이 절로 난다. 지나는 거리마다 사람들이 서로 다투어 보며 칭찬하니 뉘 아니 부러워하랴.

몽룡은 예법대로 사흘 동안 선배와 친척들을 찾아 인사를 드리고, 선조들을 모신 사당에 고하고, 산소를 찾아 성묘도 한 다음 대궐로 들어갔다.

몽룡이 어전으로 들어가니 상감이 반긴다.

"궁궐이 깊고 깊어 먼 고장은 소식이 막막하여 민정을 살피기 어려우니 이제 팔도에 어사를 보내고자 인재를 가리는 중이었노라. 그대의 용모와 글을 보니 나라의 보배요 과인의 복이로다. 나이는 젊으나 중책을 맡겨 전라 어사로 특별히 임명하니 탐관오리 불충불효를 낱낱이 찾아 보고하고 올바로 처리하라."

그러더니 어사의 관복과 마패와 유척*을 내린다. 몽룡은 평생 소원이 이루어진 것이라 마음속으로 춘향을 생각하며 기쁨의 눈물을 흘렸다. 몽룡은 상감에게 공손히 절을 하고 물러나 집으로 오는데, 산속의 용맹한 범이 숲을 헤치고 나오는 듯 세상 부러울 것이 없었다.

몽룡은 부모님께 인사하고 서둘러 전라도로 떠났다. 남대문을 썩 나서서 서리, 중방, 역졸들을 거느리고 청파역에 이르러 말을 잡아 타고, 칠패, 팔패, 배다리를 얼른 넘어 밥전거리 지나 동작강을 얼른 건너 남태령을 넘어 과천읍에서 점심 먹고, 사근내, 미륵당 지나 수원에서 하룻밤 잤다.

이튿날 다시 서둘러 떠나 대황교 건너 떡전거리, 진개울, 중미 지나 진위읍에서 점심 먹고, 칠원, 소사, 애고다리 건너 성환역에서 묵었다. 이튿날 상류천, 하류천 건너 새술막 지나 천안읍에서 점심 먹고, 삼거리, 도리티 지나 김제역에서 말 갈아 타고, 신구덕평을 얼른 지나 원터

---

* 유척은 놋쇠로 만든 표준 자. 마패와 유척은 왕이 암행어사에게 주는 특별한 물건으로, 암행어사는 마패를 가지고 언제든지 역마를 사용할 수 있었고, 유척을 가지고 지방 관청 도량형이 정확한지 판별해 부정부패를 막을 수 있었다.

에 숙소를 잡았다.

다음 날 팔풍정, 활원, 광정, 모로원, 공주로 내달아 금강을 건너 충청감영에서 점심 먹고, 높은 행길, 소개문, 어미널티 넘어 경천에서 묵고, 노성, 풋개, 사다리, 은진, 까치당이, 황화정 지나 장애미고개 넘어 닷새 만에 여산읍에 다다랐다.

이튿날 어사또는 서리, 중방, 역졸들을 불러 서릿발같이 호령한다.

"여기는 전라도 들어서 첫 고을이다. 나랏일을 중히 생각지 않고 몸가짐을 바로 하지 않는 자나 암행어사의 기밀을 지키지 않는 자는 죽기를 면치 못할 것이니 그리 알라."

그리고 서리를 불러 분부하였다.

"너는 전라 좌도로 들어 진산, 금산, 무주, 용담, 진안, 장수, 운봉, 구례 여덟 고을들을 빠짐없이 살펴보고 남원읍 광한루로 대령하여라."

"예이."

또 중방 역졸들에게 분부하였다.

"너희는 전라 우도로 들어 용안, 함열, 임피, 옥구, 김제, 만경, 고부, 부안, 흥덕, 고창, 장성, 영광, 무장, 무안, 함평을 빠짐없이 살펴보고 남원읍 광한루로 대령하여라."

"예이."

또 종사에게 분부하였다.

"너는 익산, 금구, 태인, 정읍, 순창, 옥과, 광주, 나주, 창평, 담양, 동복, 화순, 강진, 영암, 장흥, 보성, 흥양, 낙안, 순천, 곡성을 빠짐없이 살펴보고 남원읍 광한루로 대령하여라."

"예이."

"모두 들어라. 옛말에 열 번 듣는 것이 한 번 보는 것만 못하다 하였다. 모든 고을들을 낱낱이 돌아보고 이달 보름날 새벽에 광한루에 모여 준비하고 있어라."

"예이."

이렇듯 분부하여 서리, 역졸들을 모두 보낸 뒤에 저도 떠날 채비를 하는데 그 모양이 볼만하다.

사람들 눈을 속이려고 갓이라는 것도 다 떨어진 헌 갓을 썼는데, 버팀줄로 총총히 얽어맨 데다가 되는 대로 만든 무명실 갓끈을 달아 쓰고, 다 해진 망건에 관자라는 것도 소뿔 관자보다도 못한 갓풀*로 만든 관자를 노끈으로 얽어매서 붙였다. 그리고 헌 도포에 무명 실띠를 가슴에 눌러 매고, 살만 남은 헌 부채에 솔방울을 장식으로 달아 들고 햇빛을 가리며 어슬렁어슬렁 걷는 것이었다.

전주 땅에 들어서 서문을 얼른 지나 남문에 올라 사방을 둘러보니 삼남의 명승지라 할 만하다. 전주의 옛 이름을 완산이라 하였나니, 고을 형편을 돌아보며 완산 팔경도 구경하고 사람들 눈에 띄지 않게 움직이면서 남쪽으로 내려갈 제, 각 고을 원들이 어느덧 어사 났다는 소문을 듣고 정사를 가다듬느라고 서두르고 이미 처리한 일들도 다시 따져 보

---

* 갓풀은 짐승의 가죽, 힘줄, 뼈 따위를 고아서 굳혀 만든 풀.

며 걱정들을 하니, 관속들이라고 어찌 편할 수 있으랴. 이방이며 호장들이 넋을 잃고, 공무 회계 맡은 형방 서리들도 여차하면 도망치리라 신을 발에다 단단히 동여매고 있고, 각 청의 여러 관속들이 정신없이 이리 뛰고 저리 뛰는 판이었다.

춘향이 울음소리 귓전에 사무치고

어사또는 임실 구홧들을 지나 남원 땅에 들어섰다. 바쁜 농사철이라 농부들은 농악을 울리고 농부가를 부르며 모내기가 한창이다. 정자나무 곁에 '농사는 천하의 큰 근본'이라 쓴 깃발이 펄렁펄렁 바람에 날리고 젊은 농악패들이 징, 꽹과리, 장구, 소고들을 치며 한창 신명 나게 논다.

색동 등거리(등에 걸쳐 입는 홑옷)에 남색 띠를 매고 머리에 털벙거지를 쓴 상쇠재비(꽹과리를 치며 농악대를 지휘하는 사람)가 가운데서 꽹과리를 들고 장단을 친다. 늦췄다 당겼다 자진가락으로 흥겹고 맵시 있게 치는데, 그 장단 따라 털벙거지 위에서는 붉은 상모가 이리 돌고 저리 돌고, 소고패들은 상쇠를 에워싸고 춤추며 돌아간다.

정자나무 밑으로 점심 광주리들이 들어온다. 여인네들이 점심을 벌여 놓는다.

농악패들은 더욱 기세를 올리며 자진가락으로 장단을 몰아 넘기니, 상쇠재비는 공중에 떠 있는 듯하고, 소고재비는 나비 날 듯하고, 설장구재비는 있는 재간 다 부린다.

장단이 한번 끊어졌다가 느린 농부가로 넘어간다. 웬 농사꾼이 구성진 소리로 '상사뒤요'를 메기니 다른 농군들이 받아 부른다.

어여로 상사뒤요.
패랭이 위에다 장화(장미)를 꽂고
장화 춤으로 놀아 보자.
어여로 상사뒤요.

이마 위에 흐르는 땀
방울방울 열매 되고
우리 손으로 일구는 흙은
덩실덩실 황금이로다.
어여로 상사뒤요.

팔구월에 추수하여
우걱지걱 실어다가
늙은 부모 모시면서
어린 자식 길러 내자.
어여로 상사뒤요.

어느 놈은 팔자 좋아
좋은 집에 살건마는

우리 농군 다 뜯기고

찬 바닥에 나앉게 됐구나.

어여로 상사뒤요.

우리 남원 사판일세.

사판이란 무엇이냐.

사또님은 난장판이요

좌수님은 지랄 판이요

육방 관속은 먹을 판이니

우리네 백성은 죽을 판 났구나.

어여로 상사뒤요.

이렇듯 한창 농부가를 부르는데, 이몽룡은 농사꾼들이 노는 모습도 보며 하는 말도 들으며 곁으로 비실비실 들어간다.

농부가를 부르던 한 농사꾼이 소리친다.

"여보게들, 그만 점심들 먹세."

농악패들과 농부가를 부르던 사람들이 정자나무 그늘이며 풀밭에 끼리끼리 모여 떠들썩하게 점심을 먹는다. 가만히 들어 보니 사람들 이야기 속에 무슨 소리인지 '돌았다'는 말이 나왔다.

얼굴 고운 중년 아낙이 묻는다.

"아니, 무슨 말이 돌았소?"

우악살스럽게 생긴 젊은이가 은근히 말한다.

"춘향이 소문이 쫙 돌았다오."

그 말을 듣고 모두 술렁거린다.

"나도 들었소."

"본관(고을 수령) 사또 생일날에, 옥에 갇힌 춘향이를 잡아 올려 죽인다니 그게 정말이오?"

"참말이라네."

"세상에 춘향이 같은 열녀가 없겠는데 수청 들지 않는다고 죽인단 말이오?"

"참말로 억울하고 불쌍하오."

부인네들은 특히 춘향을 동정하여 눈물까지 씻는다. 우악살스럽게 생긴 젊은이가 주먹을 쳐들며 격한 목소리로 말한다.

"춘향이를 죽이는 날에는 남원 사십팔 면 총각들이 가만있지 않을 게요."

"옳네. 백성들 피땀을 긁어먹고 주색이나 일삼는 동헌 대들보는 뽑아 치워야 하네."

"쉬, 여보게들 말조심하게. 저기 양반이 와 있네."

한 노인이 농사꾼들 뒤꽁무니에 앉아 담배를 피우고 있는 이 도령을 본다.

"거, 뭐 보아하니 거렁뱅이 양반이구먼."

"그래도 말조심하게. 요새 전라도에 암행어사가 떴다는 소문도 있네."

"암행어사가 떴으면 뭘 해? 가재는 게 편이라네."

"그렇지, 올챙이는 다 개구리 편이지. 허!"

이 도령은 농사꾼들에게 점심이나 얻어먹자 하였으나 춘향이 이야기를 듣고 너무도 놀라 얼른 그 자리를 떠나고 말았다.

'춘향이가 옥에 갇혔다니? 본관 사또 생일날에 춘향이를 잡아 올린다 하니 이게 참말인가? 내 지금껏 뭘 하고 있었나. 삼 년 세월을 소식 한 장 보내지 못했으니 어찌 사람의 도리가 있다 하랴. 내 장원으로 급제한 것도 춘향이를 만나 소원을 풀자는 것이었는데, 춘향이 목숨이 끊어지게 생긴 것도 모르고 있었으니 무슨 낯으로 남원 땅에 들어서랴.'

이 도령은 옥에 갇혀 고생할 춘향을 생각하니 가슴이 찢어진다.

허나 농부들 말이 참말인지 알 수 없으니 도령은 마음을 가라앉히려 애쓰며 다시 길을 걸었다.

한 곳을 바라보니 노인들이 끼리끼리 모여서 삿갓 쓰고 쇠스랑을 손에 들고 거친 밭을 일구다가 '백발가'를 부른다.

등장* 가자 등장 가자.

하느님께 등장 가자.

*등장은 여러 사람이 이름을 잇대어 써서 관청에 올려 하소연하는 것.

늙은이는 죽지 말고
젊은 사람 늙지 말게
하느님께 등장 가자.

원수로다 원수로다
백발이 원수로다.
오는 백발 막으려고
오른손에 도끼 들고
왼손에는 가시 들고
오는 백발 두드리며
가는 젊음 끌어당겨
늙지 말자 하였더니
젊음은 절로 가고
백발은 달려들어
귀밑에 주름지고
검은 머리 희어지네.

아침에 푸르던 것이
저녁때는 흰서리라.
무정한 게 세월이라
젊어 즐거움이 깊은들

나날이 달라 가니

이 아니 빠른 세월인가.

날랜 말 잡아타고

서울 큰길 달리고 지고.

강산풍월 좋은 경치

다시 한번 보고 지고.

절세미인 곁에 두고

온갖 아양에 놀고 지고.

꽃 피는 아침 달 밝은 밤

사시사철 좋은 경치

눈 어둡고 귀가 먹어

볼 수 없고 들을 수 없어

하릴없는 일이로세.

슬프구나 우리 벗님

어디로 가겠는고.

구월 단풍잎 지듯이

하나둘씩 떨어지고

새벽하늘 별 지듯이

짝을 지어 스러지니

가는 길이 어드메고.

어여로 가래질이야

아마도 우리 인생

한 자락 봄꿈인가 하노라.

한 농사꾼이 가래를 잡고 나선다.

"자, 늙는 타령 그만하고 가래질이나 하세."

다른 농사꾼들도 가랫줄을 잡으며 일어난다.

"늙어 죽기 전에 굶어 죽는 게 더 애달픈 일 아닌가. 자, 한바탕 일이나 하세."

가래질이 한창인데, 허리 꼬부라지고 쪼글쪼글한 늙은 농부가 담배나 한 대씩 피우자고 하면서 갈대 삿갓 숙여 쓴 채로 둔덕으로 나와 앉는다. 곱돌 담뱃대를 들고 꽁무니를 더듬더듬 담배쌈지를 꺼내 놓고, 담배를 대통에 수북이 담아 엄지손가락이 자빠지도록 비빗비빗 단단히 비벼 넣고는 담뱃대를 겻불에 푹 찔러 뻑뻑 빤다. 대 속이 빽빽하면 쥐새끼 소리가 나는 법이라, 두 볼때기가 오목오목, 콧구멍이 발심발심, 연기가 홀홀 나도록 담배를 빨아 피워 문다.

이 도령은 천천히 걸어 노인 곁으로 가 앉으며 말을 건다는 것이, 원래 반말하기에 이력이 났다.

"저 농부, 말 좀 들어 보면 좋겠구먼."

노인은 이 도령을 한번 흘겨보고는 시답지 않게 대답하였다.

"무슨 말?"

"그래, 굶어 죽게 됐다니 그런 집이 이 마을에 얼마나 되는가?"

"이 사람 꼭 굶어 죽어야 좋겠나? 작년에 저 고개 너머 남촌이란 데서 농사를 망쳐 떼죽음 났단 소리도 못 들었나?"

"허, 농사를 망쳐?"

"그리고 저기 앉은 텁석부리 저 사람은 맏자식이 작년 가을에 환자 쌀 서 말 닷 되를 갚지 못한 죄로 관가에 붙들려 가서 매 맞고 죽었네. 그리고 저기 앉은 저 이 다 빠진 오무래미 노인은 환자 쌀 너 말가웃 못 갚은 죄로 생때같은 암소 한 짝을 빼앗기고 저렇게 얼빠진 사람이 됐다지 않나."

"거 암소 한 짝이 어디로 갔나?"

"듣자 하니 본관 사또 생일날이 가까운지라 잔칫상에 오를 게라고 하더구면."

곱돌 담뱃대 노인은 시답지 않게 여기면서도 담배 빠는 틈틈이 곧잘 말대꾸를 해 주었다.

이 도령은 바싹 다가앉으며 자기도 담배 한 대 피워 물고 슬쩍 한마디 물었다.

"듣자 하니 남원 부사가 춘향이를 좋아하여 수청 들라고 했다는데, 춘향이도 마다하지 않고 수청을 들어 호강한다면서?"

노인은 입에 물었던 담뱃대를 쑥 빼들고 이 도령 얼굴을 찬찬히 본다. 노인 뒤에서 밭일 나온 여인들도 이 말을 듣고, 지나가던 총각들도 이 말을 들었다.

"아이고 세상에, 별소리를 다 듣겠네."

"백옥 같은 춘향이한테 더러운 누명을 씌우다니."

여인네들은 자기 일인 양 분하다. 곱돌 담뱃대 노인은 이몽룡에게 벌컥 화를 낸다.

"임자는 어디 사나?"

"아무 데 살든지."

"임자는 눈콩알 귀콩알이 없나? 지금 춘향이가 본관 사또 수청을 마다하고 옥에 갇혀 죽게 됐는데, 뭐 수청을 들어?"

뒤에서 듣던 총각도 소리친다.

"할아버지, 저런 놈을 어찌 그냥 두겠소? 야, 저놈을 당장 밭고랑 밑에 파묻자."

"옳다. 가랫장부 가져오너라."

총각들이 와르르 몽룡에게 달려들자, 노인이 벌떡 일어나 말렸다.

"얘들아, 그만들 둬라. 길 가는 나그네가 모르고 한 말이니 그만들 둬라."

총각들은 미처 분을 삭이지 못해 씩씩거리며 물러섰다.

"그따위 소리 하다간 밥도 못 빌어먹지."

"열녀 춘향이를 뭐라고? 저런 건 그저 송장을 만들어야 해요, 할아버지."

"보아하니 행색은 험해도 양반 같다. 참아라."

"양반이오?"

양반이란 말에 여인네가 더 못마땅해하며 말하였다.

"춘향이를 두고 서울로 간 이 도령인지 삼 도령인지 하는 양반 자식 놈은 삼 년이 넘도록 소식 한 장이 없다니, 아이고 그럴 수가 있나."

노인도 다시 화가 나는지 욕을 한다.

"그런 양반은 벼슬은커녕 개 그것만도 못하지."

몽룡이 듣다 못해 말한다.

"허허, 노인장도 입이 걸구먼."

노인이 바로 받아친다.

"왜? 같은 양반이 돼서 입이 쓴가?"

"쓰긴. 남의 말이라 해도 입버릇이 고약해서."

"그만 가소. 여기 더 있다간 봉변이나 당할 것이니."

"허허, 내 실수가 많았소. 농군네들 잘들 있소."

몽룡은 좀 더 알아보려고 머뭇거리다가 인사를 남기고 급히 그곳을 떠나 산길을 걸었다.

이 도령은 마음이 아프고 쓰렸다. 눈앞이 캄캄해지고 걸음이 휘청거린다. 삼 년 전 춘향이를 데리고 올라갔으면 이런 일이 있을 리 없고, 이런 슬픔이 어찌 있으리오. 헤어지던 그날이 눈에 어리고, 춘향이 울음소리가 귓전에 사무친다. 옥돌이 진흙에 묻힌 것이 아니라 꽃이 불속에 들었구나.

피눈물로 쓴 편지

해는 서산 위로 기울고 새들은 깃을 찾아 날아든다. 산길 벼랑 끝에 몇 송이 붉은 꽃이 눈물을 머금은 듯하고, 새들 울음소리는 한스러운 마음을 자아낸다.

이 도령이 걸음을 재촉하여 산모퉁이를 돌아가는데, 총각 녀석 하나가 지팡막대를 끌면서 시조 절반 사설 절반 섞어서 흥얼거리며 걸어온다.

"오늘이 며칠인가. 천 리 길 한양성을 며칠 걸어 올라가랴. 날개라도 있으면은 오늘로 가련마는.

불쌍하다, 춘향이는 이 서방을 생각하여 옥중에 갇히어서 죽을 날이 눈앞에 닥쳤건만 어느 누가 살려내랴.

몹쓸 양반 이 서방은 서울로 가더니만 소식 한 장 없으니 양반 도리는 그러한가. 모질구나, 모질구나."

길가 나무숲 그늘에 가만히 서서 그 총각 녀석의 말을 들으니 춘향이 사연이요, 그놈은 바로 방자 놈이 분명하였다. 도령은 반가워 당장 "방자야!" 하고 부르고 싶었으나 섣불리 본색을 드러낼 수도 없고 하여 부채를 들어 얼굴을 가리면서 불렀다.

"얘, 너 어데 사니?"

"남원읍에 사오."

"어디를 가니?"

"서울 가오."

"무슨 일로 가니?"

"춘향이 편지 갖고 구관 댁에 가오."

"얘, 그 편지 좀 보자꾸나."

"그 양반 철모르는 양반이네."

"무슨 소린고?"

"글쎄 들어 보오. 남의 편지 보기도 어려운데 하물며 남의 부인네 편지를 보자 하오?"

"애야, 옛글에 '떠나기 전에 봉해 놓은 편지 내용을 뜯어 다시 확인한다'란 말도 있느니라. 좀 본다고 큰일 나겠느냐."

"그 양반 주제는 그런데 유식함은 기특하오. 그래도 난 길이 바빠 이만 가야겠소."

도령은 어쩔 수 없이 다시 불렀다.

"얘, 방자야!"

방자는 깜짝 놀라며 돌아본다.

"아니, 내가 방자인 줄 어찌 아시오?"

도령이 손에 든 부채를 접으며 방자에게로 가까이 간다. 방자는 그제야 이 도령을 알아보고 너무도 꿈같아서 땅바닥에 와락 엎드리며 흐느긴다.

"아이고, 도련님 이게 웬일이오. 방자 문안드리오."

"그새 잘 있었느냐?"

"잘 있는 게 뭐요."

방자는 괴나리봇짐*에서 편지를 꺼내 도령에게 전하며, 하소연한다.

"도련님 떠나신 뒤 저는 관가에서 쫓겨나고 춘향 아씨는 옥에 갇혀 이제 곧 죽게 되었으니 살려 주오. 아씨를 살려 주오."

편지를 받아 급히 떼어 보니, 춘향이 글씨가 분명하다. 글자마다 가슴을 에고 글귀마다 창자를 끊어 내고, 사연을 더듬어 읽어 내릴수록 눈물이 앞을 가리고 목에서 피가 터져 오를 듯하다.

편지의 사연은 이러하였다.

한번 올라가시고는 소식이 끊겨, 도련님 두루 편안하시온지 궁금하옵니다. 기러기는 남북 천 리를 오가건만 어이하여 도련님 파랑새는 못 오는지. 북녘 하늘 바라보면 구름만 아득하고 도련님 생각하오면 가슴이 찢어지옵니다.

해당화에 두견새 울고 오동잎에 밤비 올 제, 부용당 창문 아래 쓸쓸히 홀로 앉아 임 그려 흐느끼며 울기는 몇 번인지. 내 낭군 그리워 맺힌 이 설움, 잠들어도 찬 베개 눈물에 젖고 도련님만 기다리며 지내옵더니, 신

*괴나리봇짐은 먼 길을 걸어갈 때 보자기에 싸서 어깨에 메는 짐.

관 사또 변학도의 수청을 거절하다가 참옥한 형을 받고 옥중에 갇힌 이 몸, 눈 속에서도 푸른 소나무같이, 얼음 속의 댓잎같이 정절을 지니옵고, 모진 목숨 아직은 살아 있으나 머지않아 형장 아래 억울히 죽을 몸이 되었나이다.

세상이 넓다 해도 이 한 몸 살 길 없고, 해와 달이 밝다 해도 이 원한 풀 길 없어 남원 옥중에서 마지막 이 글을 쓰옵나니, 부디 도련님께서는 나 없다 서러워 마시고 만복을 누리시며 오래 건강하옵시고, 이생에서 다하지 못한 인연을 다음 생에 다시 만나 이별 없이 사옵시다. 이별 없이 사옵시다.

글 끝에는 시 한 수 덧붙어 있다.

지난해 임은 언제 나를 떠나셨던고.
엊그제 겨울이더니 어느덧 또 가을이라.
사나운 바람 몰아치던 밤, 눈 같은 비 내리더니
어찌하여 남원 옥의 흙이 되는가.

피로 쓴 글을 보니, 모래밭에 내려앉는 기러기 격으로 그저 툭툭 찍은 것이 모두 다 '애고'로다. 도령은 편지를 보며 그 위에 눈물을 방울방울 떨어뜨린다.

방자는 울고 있는 이 도령을 물끄러미 바라보다가 거지 중에도 상거

지 꼴이라 가슴이 덜컹 내려앉고 눈앞이 캄캄해진다.

"아이고, 이게 웬일이오, 도련님. 그 모습이 웬일이오. 과거 급제하여 오실 줄만 알았더니 그 꼴이 웬일이오. 아이고, 세상천지 무정도 하오. 춘향 아씨 이제는 죽었구나. 영락없이 죽었구나."

그러고는 길가에 퍼지르고 앉아 땅을 치며 운다. 도령이 편지를 접어 들고 벌떡 일어나며 말한다.

"당장에 어사출또를!"

방자는 그 말을 듣고 놀란다.

"뭐요? 어사출또요? 도련님, 그게 정말이오?"

"이놈아, 내가 암행어사가 되었으면 그렇게 하겠단 말이지. 내 꼴을 보면 모르겠느냐?"

도령은 앞뒤를 생각지 않고 불쑥 한마디 하여 일이 옹색해지자, 시치미를 떼고 모른 척을 하였다. 허나 방자는 여러 해 관가 물을 먹어 눈치가 빤하니 절간에 가서도 새우젓을 얻어먹을 놈이다.

"도련님, 저는 못 속이오. 그저 소인을 어사또님의 역졸을 시켜 주시면 도련님 출두하실 때 육모 방망이로 변학도 대갈통을 항아리 박살 내듯 하겠소이다."

이러며 덜렁거린다.

"이놈아! 사람 말을 곧이 안 듣고 자꾸 주둥이를 놀릴 테냐?"

"헤헤헤, 도련님!"

방자는 버릇없이 이 도령 앞으로 다가들어 허리를 두 팔로 감싸 안더니 도포 자락 안으로 한 손을 쑥 집어넣어 허리에 찬 명주 전대를 더듬더듬 만져 본다. 제사 때 쓰는 접시 같은 것이 손에 잡히자, 방자는 얼른 물러나며 묻는다.

"도련님, 그게 뭐요? 찬바람이 나는데 바로 그게 마패가……."

"이놈 입 다물지 못할까? 네 만일 이 말을 입 밖에 냈다가는 목이 열이라도 남는 게 없으리라."

"도련님, 그 걱정은 마시옵고, 신관 사또 생일날에 춘향 아씨를 올려 죽인다 하오니……."

"알았다. 사또 생일날이 언제냐?"

"이달 보름날이오이다."

"틀림없냐?"

"온 남원 땅이 다 아오이다."

이 도령은 편지 한 장 얼른 써서 단단히 봉하여 방자를 준다.

"나는 볼일 보며 남원읍으로 갈 것이니, 너는 이 편지를 운봉 관가에 드리고 주는 것을 받아 가지고 이달 보름날 아침에 광한루로 오너라."

"예이."

방자는 편지를 가지고 바삐 운봉으로 떠났다. 무슨 좋은 일이나 생길 줄 알고 기세 좋게 운봉 관가에 들어가 편지를 드렸더니, 운봉 수령은 편지를 보고 꽤 놀란다. 글씨와 문체가 남다르고 글에 담긴 뜻이 이렇다고 똑똑히 밝힌 것은 없으되 나랏일에 관계되고 천기에 속하는 것이 분명하였다. 그리하여 운봉 수령은 편지를 가지고 왔다는 것까지도 말을 내지 않도록 단단히 단속하고 형리를 불러 일렀다.

"이놈 데려다 옥에 단단히 가두고 다만 하루 세끼 잘 먹이되, 다시 분부가 있을 때를 기다리라."

형리는 방자를 데려다 옥에 가두어 버렸다.

이 도령은 방자를 운봉으로 보낸 뒤에 남원으로 급히 향하였다. 남원 어귀에 있는 박석티에 올라서서 사면을 둘러보니, 산도 예 보던 산이요, 물도 예 보던 물이구나. 고개 아래 굽이굽이 뻗은 길은 춘향이와 헤어지고 말 위에 올라앉아 서울로 떠날 적에 걸음걸음 눈물 뿌리던 그 길이 분명하다. 남문 밖을 나가 보자. 광한루야 잘 있더냐. 오작교는 무사하냐. 객사의 푸른 버들은 나귀 매고 놀던 데요, 구름 비낀 맑은 물은 임을 만난 은하수라, 버들 숲속 정든 저 길 내가 걷던 길이구나.

오작교 다리 아래 빨래하는 아낙들은 처녀 아이들과 섞여 앉아 말을 주고받는다.

"야야."

"왜 그러오?"

"아이고 불쌍하더라. 춘향이가 불쌍하더라."

"듣자 하니 우리 고을 신관 사또가 모질고 모질더라."

"절개 높은 춘향이를 우격다짐으로 겁탈하려 든다지만 철석같은 춘향이 마음 죽는 것이 두려울까."

"서울 간 이 도령은 이런 사정을 아는지 모르는지."

"무정하구나, 무정하구나, 이 도령이 무정하구나."

이렇듯 서로 춘향을 가엾이 여기고 이 도령을 원망하며 철썩철썩 빨래를 한다.

광한루에 올라 사방을 돌아보니 저녁 해는 서산에 기울고 새들은 숲 속으로 날아든다. 저 건너 버드나무는 춘향이가 그네 뛰며 붉은 치맛자락 하늘로 날리던 그 나무가 아닌가. 못 잊을 그 모양 어제인 듯 반갑고, 동쪽을 바라보니 길길이 자란 푸른 숲 사이로 춘향이 집이 보인다. 저 안의 초당 연못과 꽃밭들은 전에 보던 낯익은 곳이련만 춘향이는 험한 옥중에 갇혀 울고 있지 않는가. 눈에 보이는 모든 것이 가슴 아프구나.

거렁뱅이 사위 웬 말이냐

　서산에 해 떨어지고 황혼이 깃들 무렵 도령이 춘향이 집 앞에 다다랐다. 집 꼴을 보니 행랑채는 무너지고, 몸채는 이엉도 벗겨지고, 오동나무는 수풀 속에 우뚝 섰으나 비바람에 시달려 추레한 모습으로 설렁거리는데, 담장 밑에 흰 두루미는 함부로 다니다가 개한테 물렸는지 깃도 빠지고 다리를 절룩거리며 끼룩 뚜루룩 서글피 울고, 창문 앞에 누렁이는 기운 없이 졸다가 낯익은 손님도 몰라보고 컹컹 짖으며 내닫는다.
　"요 개야 짖지 마라. 주인 같은 손님이다. 너희 주인 어디 가고 네가 나와 반기느냐."
　중문을 바라보니 그전에 도령이 써 붙였던 충성 충(忠) 자가 중(中) 자는 어데 가고 마음 심(心) 자만 남아 있고, 입춘 때에 장지문에 써 붙인 글자들은 동남풍에 펄렁펄렁 서글프기 짝이 없다.
　집 안으로 들어가서 잠깐 조용한 곳에 몸을 숨기고 살펴보니 안마당은 적막한데 장모가 미음솥에 불을 때며 울음 절반 넋두리 절반 혼잣말로 한탄을 한다.
　"아이고, 내 팔자야. 모질도다, 이 서방이 모질도다. 끝내는 우리 딸

아주 잊고 소식조차 끊었구나. 아이고, 설운지고. 향단아, 이리 와 불 넣어라."

장모는 부엌에서 나오더니 울안 개울물에 세수하고 머리 빗고, 맑은 물 한 동이를 칠성단* 아래 받쳐 놓고 촛불을 밝히고 엎드려 빈다.

"칠성님께 비옵나이다. 아들 없이 외딸 춘향 금쪽같이 길러내어 영화 보자 바랐더니, 죄 없이 매를 맞고 옥중에 갇히어서 험한 고생 하옵다가 내일이면 사또 생일잔치 끝에 죽을 판이오니 살릴 길이 없습니다. 하늘땅 신령님과 칠성님은 불쌍히 여기시어 한양성 이몽룡을 푸른 구름에 높이 올려 이제라도 내 딸 춘향이 살려 주사이다."

어사또는 장모의 정성이 지극함을 보고, 저런 장모를 돌보지 못한 것을 가슴 아프게 생각하였다.

"내가 벼슬을 한 것이 조상 덕인 줄 알았더니 우리 장모 덕이로구나."

월매는 목이 메어 울며 빌고 또 빌다가 그냥 땅에 엎드린 채 통곡을 한다.

"아이고 춘향아, 천금 같은 내 자식아. 아비 없이 너를 길러 이 지경이 웬일이냐. 태어날 데가 어디 없어 이 몹쓸 년에게 태어나서 어미 죄로 네가 죽느냐. 아이고, 내 새끼야."

향단이가 달려 나와 월매를 일으킨다.

"마님, 왜 이러시오. 그만 진정하시오. 마님이 이러시면 옥중에 있는

---

* 칠성단은 칠성(북두칠성)을 신으로 모시고 쌓은 단. 민간신앙에서 칠성은 비, 수명, 인간의 운명을 관장한다고 여겨, 칠성단에 정화수를 놓고 소원을 빌었다.

아씨 마음이 좋으리까?"

위로하는 향단이도 울음을 참지 못하여 서로 붙들고 한참 울다가 월매가 눈물을 거두며 이른다.

"향단아, 담배 한 대 붙여 다고."

향단이가 담배를 붙여 준다. 월매는 후유 한숨을 쉬며 담뱃대를 받아 물고 마루로 올라간다.

이때 이 도령이 중문께로 나서며 불렀다.

"이리 오너라. 이리 오너라."

"거 뉘시오?"

"이 서방일세."

"이 서방이라니? 옳지, 저 건너 사는 이 풍헌 아들 이 서방인가?"

"허허, 장모 망령이로세."

"장모라니? 향단아, 누가 왔나 나가 보아라."

향단이가 중문께로 가서 묻는다.

"뉘신지요?"

"내다!"

향단이가 눈물을 씻고 자세히 본다.

"아이고, 이게 뉘시오니이까!"

향단이가 이 도령을 붙잡고 아이고 소리를 내니 안에서 듣던 월매가 묻는다.

"어떤 놈이 남의 자식을 때리느냐?

그러면서 마당으로 내려온다.

"아이고 마님, 서울 서방님이 오시었소."

"서방님이라니?"

월매는 몹시 반가워서 우르르 달려와 몽룡을 부여잡는다.

"아이고, 이게 웬일인가. 어디 보세. 얼굴 보니 내 사위일세. 어디 갔다 인제 왔나? 바람도 세차게 불더니 바람결에 날려 왔나, 구름도 많이 일더니 구름 속에 싸여 왔나, 춘향이 소식 듣고 살리려고 오셨는가. 어서어서 들어가세."

몽룡을 이끌고 방으로 들어가서 등잔불 앞에 앉혀 놓고 그립던 모습을 보려는데, 늙어서 눈이 어두울 뿐 아니라 불이 침침하여 자세히 보이지 않으니 벽장문을 열고 좋은 초 몇 자루를 내어 한꺼번에 불을 켜 놓았다. 방 안이 환히 밝아진다. 삼 년 세월 그동안 얼마나 달라졌나 마주 앉아 물끄러미 바라보니, 얼굴은 옥같이 맑은 옛 모습이 남아 있건만 옷은 낡아 해지고 몰골은 초라하여 거지 중에도 상거지가 되었구나.

월매는 기가 막혔다.

"이게 웬일이오. 어찌하여 이 모양이 되었소?"

"양반이 잘못되면 신세 처량하기 이루 말할 수 없소. 그때 올라가서 과거도 못하여 벼슬길 끊어지고 집안 재산은 다 불어먹으니, 아버님은 훈장질을 가시고 어머님은 친정으로 가시고 제각기 갈라져서, 나는 춘향이에게 내려와 돈푼이나 얻어 갈까 하였더니 두 집 형편이 다 말이 아니구먼."

월매는 이 말을 들으니 가슴이 꽉 막혀 숨을 쉴 수가 없다.

"아이고, 이 무정한 사람아. 한번 떠난 뒤에 소식조차 끊어지고 그러는 법이 어디 있나? 그래도 뒷날을 바랐더니 이 일이 웬일인가? 쏘아 놓은 화살이요, 엎질러진 물이로다. 누구를 원망할까. 아이고, 이 사람아, 내 딸 춘향이 어쩔 텐가?"

세상이 허망하고 야속한 마음을 참을 수 없어 가슴을 치며 운다.

"아이고 아이고."

"허, 장모가 나를 몰라보네. 하늘이 무심하다 해도 바람과 구름을 다룰 줄 알고 우레 울리고 번개 치는 신통이 있느니."

도령이 뱃심 좋게 말한다. 월매 더욱 기가 막혀 한탄한다.

"양반이 잘못되면 이렇게 되는가? 농질하는 재간까지 늘었구나."

도령은 한술 더 뜬다.

"배고파 죽겠네. 나 밥 한술 주소."

월매는 어이없어 와락 큰 소리로 이른다.

"뭐? 밥을 달라? 자네 줄 밥 없네."

어찌 밥이 없을까마는 홧김에 하는 말이다.

이럴 때 향단이는 가슴이 우둔우둔, 정신이 월렁월렁하여* 한쪽 옆에 비켜서 있다가 마님이 한탄하는 소리에 마음을 다잡고 앞에 나서 인사

---

* '월렁월렁하다'는 분하고 속이 상해서 열이 받친다는 뜻.

를 드린다.

"서방님, 아까는 향단이 문안드리지 못했나이다. 대감마님 건강은 어떠하옵시며 대부인 안녕하옵시며 서방님께서도 먼 길에 지치지 않으셨사오니이까?"

"오냐. 고생이 어떠하냐?"

"저는 별일 없사옵니다. 서방님, 우리 마님 홧김에 하시는 말씀 노여워 마옵시오."

"오냐. 나도 알 만하다."

"마님, 아무리 화가 난다고 서방님께 그리 마오. 멀고 먼 천 리 길에 누굴 보려고 오셨겠소? 옥중 아씨 아시면 기절하실 일이오니 너무 괄시 마옵시오."

향단이가 부엌으로 들어가더니 먹던 밥에 풋고추, 절이김치(겉절이), 단간장에 양념을 넣고 냉수 한 대접 가득 떠서 모반에 받쳐 들고 나와 서방님 앞에 놓는다.

"더운 진지 할 동안에 우선 이걸로 배고픔이나 좀 달래시오."

"오냐, 밥 본 지 오래구나."

도령이 반가워하며 여러 가지를 한데 비비고 버무려서 마파람에 게 눈 감추듯 먹으니, 월매가 어이없어 한숨을 쉬며 혀를 찬다.

"얼씨구, 밥 빌어먹는 데는 이골이 났구나."

이때 향단이는 아씨 신세를 생각하여 크게 울지는 못하고 훌쩍이며 도령에게 말한다.

"어찌하나요, 어찌하나요. 절개 높은 우리 아씨를 어찌 살리시려오, 서방님."

향단이가 우는 것을 이 도령이 보더니 기가 막혀 위로한다.

"향단아, 울지 마라. 아씨가 설마 죽을쏘냐? 행실만 바르게 하면 사는 날이 있느니라."

월매가 이 말을 듣더니 또 성을 낸다.

"어이구, 양반이라고 속은 살아서. 대체 자네가 왜 그 꼴인가?"

향단이가 다시 도령에게 이른다.

"우리 마님 하시는 말씀 조금도 섭섭히 여기지 마옵시오. 나이 많아 정신이 흐린 중에 이런 일을 당해 기가 막혀 하는 말이니 조금인들 언짢게 생각 마시고 더운 진지 드릴 테니 많이 잡수시오."

"오냐, 많이 먹으마."

향단이는 서둘러 더운밥을 새로 지어 도령 입에 맞는 반찬도 몇 가지 더 만들어 갖다주며 권하였다.

도령이 더운 밥상을 받고 생각하니 분한 마음이 울컥 치솟아 몸이 떨리고 오장이 끓는지라 더는 맛이 없어 향단이에게 상을 물리고 담배를 피워 물었다.

도령은 담뱃재를 툭툭 털며 말하였다.

"여보 장모, 춘향이나 좀 봐야지."

월매는 정신 나간 사람처럼 심드렁하니 대꾸한다.

"그럴 테지요. 서방님이 춘향이를 아니 보아서야 인사가 아니지요."

"지금은 성문을 닫았으니 새벽 바라* 치거든 가사이다."

향단이가 따뜻이 말한다.

"오냐. 그새 난 부용당이나 좀 돌아보겠다."

이 도령은 혼자 느릿느릿 걸어 부용당으로 간다. 낡아 떨어진 채로 쓸쓸하리만치 조용한 가운데 주인 잃은 부용당. 벽오동만 슬픔에 목이 멘 듯 홀로 서 있구나. 달 아래 가야금을 뜯던 그 사람은 어데 가고 그리운 추억만 남아 있는가. 뜰아래 해당화는 험한 비바람 속에서도 고이 피어 옛 도령을 알아보는가. 꽃송이 붉어 옛 주인의 숨결이 느껴진다.

도령은 해당화 곁에 놓인 흰 돌을 만져 본다. 정다운 이와 함께 앉던 돌걸상이다. 주인이 그동안 얼마나 오래 비웠는지 원망하듯 푸른 이끼가 돋았다. 어느새 왔는지 향단이가 다가왔다.

"서방님!"

"향단아!"

목이 메어 곧 말을 잇지 못하다가 도령이 입을 열었다.

"향단아, 그새 얼마나 나 오기를 기다렸느냐?"

"그 말을 어찌 다 하오리까. 서방님 기다리시던 아씨의 눈물이 부용당 창문턱에 마를 새 없었고, 아씨 눈물 광한루 꽃길에도 젖어 있고, 오리정 숲길에도 젖어 있나이다."

향단이는 흐느낀다.

* 바라는 파루. 새벽에 통행금지를 해제하기 위하여 치던 종.

이때 새벽 바라 소리가 울려온다.

"서방님, 옥으로 가십시다."

향단이가 눈물을 거두며 이 도령을 모시고 안채 마당으로 간다.

어듸 갔다 이제 왔소

향단이는 앞에서 등롱을 들고 월매는 미음 그릇을 들고 그 뒤로 이 도령이 옥으로 들어간다. 옥 문간에 다다르니 사람 자취 없이 고요하다.

이때 춘향이는 어렴풋이 잠이 들어 꿈인지 아닌지 알 수 없는데 서방님이 오시어 옆에 와 앉는다. 자세히 살펴보니 머리에는 관을 쓰고 몸에는 붉은 옷을 입었다. 그립고 그립던 마음에 목을 안고 쌓이고 쌓였던 천만 가지 회포를 풀고 있는 중이었다. 그러니 어머니가 옥문 앞으로 들어와서 부른들 알 리 없고 대답이 있을 리 없었다.

몽룡이 답답한 듯 장모에게 재촉한다.

"장모, 크게 한번 불러 보오."

"모르는 말씀이오. 여기서 동헌이 멀지 않은데 소리가 크게 나면 사또가 알아차릴 터이니 잠깐 기다리오."

"그러면 내가 부를 테니 가만있소. 춘향아!"

큰 소리로 부르니 옥방 안 춘향이 깜짝 놀라 눈을 뜨며 일어난다.

"이상하다. 그 목소리 잠결인가 꿈결인가? 귀에 익은 목소리로구나."

목에 쓴 칼을 잡고 창문께로 머리를 드니, 이 도령은 기가 막혀 장모에게 조용히 말하였다.

"내가 왔다고 말을 하소."

"도련님 왔다고 말을 하면 너무 놀라 기절할 것이니 가만히 계시오."

이때 춘향이가 어머니 목소리는 알아들었다.

"어머니 오셨소?"

"오냐, 내가 왔다."

"향단이도 왔소?"

향단이가 옥문 앞으로 가까이 간다.

"아씨, 향단이도 여기 왔소."

월매는 미음 그릇을 넣어 준다.

"미음 가져왔다. 좀 먹어라."

춘향은 미음 그릇을 받아 놓고 금세 목이 메어 울먹인다.

"어머니, 몹쓸 딸자식을 옥에 넣어 놓고 고생만 하시니……. 늙으신 몸으로 허둥지둥 다니시다가 넘어지기 쉽사오니 이제부턴 자주 오시지 마오."

"이 어미는 걱정 말고 정신 좀 차려라. 왔다, 왔어."

"오다니 누가 와요?"

"그저 왔다."

"갑갑해 나 죽겠소. 어서 일러 주오. 꿈 가운데 서방님 만나 천만 가지 회포를 풀었더니 혹시 서울에서 기별 왔소? 날 데리러 사람이 왔소? 벼슬하고 내려온단 소식 왔소? 아이고, 답답해라."

"너희 서방인지 남방인지 잘되고 귀히 되어 거지 중에도 상거지가 되어 내려왔다."

"아이고, 이게 웬 말이오. 서방님이 오시다니, 꿈속에 보던 임을 생시에 본단 말인가. 서방님, 어데 오셨소?"

몽룡이 옥창으로 다가서며 춘향을 부른다.

"춘향아!"

춘향이 목에 쓴 칼을 드르르 끌면서 창살 앞으로 다가앉는다.

"서방님, 오셨으면 얼굴을 봅시다."

팔을 들어 문틈으로 손을 뻗치니 몽룡이 그 손을 덥석 잡는다.

"춘향아."

"아이고, 이게 누구요?"

춘향은 목이 메어 말도 못 하고 숨이 막혀 흑흑 느끼며 운다. 몽룡도 춘향이 손을 어루만지며 목이 멘다.

"춘향아, 이게 웬일이냐? 섬섬옥수 곱던 손이 가랑잎이 되었구나."

"서방님, 어데 갔다 인제 왔소? 서방님 떠나신 뒤 기나긴 삼 년 세월 서방님만 그리다가 내 신세 기구하여 형장 아래 죽게 된 걸 알고 오시었소, 모르고 오시었소?"

"춘향아, 죄 없는 네가 어찌 죽으랴."

춘향은 몽룡을 차츰 살펴보며 더욱 기가 막혀 눈물을 흘린다.

"이 몸 하나 죽는 것은 섧지 않으나 천금 같은 서방님의 옛 모습은 어디로 갔소? 이 꼴이 웬일이오?"

"그 말을 어찌 다 하랴. 양반이 잘못되면 이렇게도 되느니라. 내 너를 믿고 찾아왔더니 네 형편이 이러한 줄 몰랐구나. 너무도 모진 세상, 가슴이 천 갈래로 찢어지는구나."

"서방님, 슬퍼 마오. 살아서 못 보리라 생각하던 서방님을 이렇게 만나 보니 춘향이는 이제 죽어도 한이 없소. 슬퍼 마오, 서방님!"

옥창 앞 흙마루에 앉아 이 말을 들은 월매는 땅이 꺼지도록 한숨을 짓는다.

"아이고, 저년이 환장을 하는구나. 그래도 제 서방이라고, 아이고……."

춘향이가 목이 메어 말한다.

"어머니, 그런 말씀 마오. 잘되어도 내 낭군, 못되어도 내 낭군, 높은 벼슬도 내사 싫소. 천금 만금도 내사 싫소. 어머니가 정한 배필 좋고 그르고가 있으리까."

"에그 이것아, 낸들 어이 네 서방이 귀하지 않으랴만 속이 터져 그런다!"

"어머니, 내가 집에 없으니 천 리에 오신 낭군 그 누가 따뜻이 섬기리까. 어머니가 맡아서 아침저녁이며 옷차림까지 섭섭지 않게 살펴 주오. 내 죽은 넋이라도 눈을 감게."

"아이고 이것아, 어찌 그런 소릴 하느냐!"

어머니는 제 가슴을 쥐어뜯으며 어쩔 줄 몰라 한다. 춘향은 조용히 향단이를 부른다.

"향단아."

향단이가 옥 창살을 잡고 춘향이 쪽으로 다가서며 대답하는데 울음이 곧 터질 것만 같다.

"아씨."

춘향이가 차근차근히 말을 한다.

"내가 집에 없더라도 네가 나를 대신하여 서방님을 잘 모셔라. 나 입던 비단 장옷 봉장(봉황 무늬를 새긴 옷장) 안에 들었으니 어머니와 의논하여 그 옷 팔아 한산 모시 바꾸어서 물색 좋게 도포 짓고, 삼층장에 내가 지은 명주옷 들었으니 그것 찾아 내드리고, 내가 입던 백방사(흰 누에고치만으로 실을 켜서 짠 명주) 비단 치마 아끼지 말고 팔아다가 갓망건도 사 드리고 신발도 사 드리고, 밀화(호박의 한가지)장도, 옥가락지 함 속에 들었으니 그것도 팔아 다오. 오늘내일 죽을 이 몸 세간 두어 무엇 할까. 용장, 봉장 아끼지 말고 팔아다가 따뜻한 진지에 맛있는 찬으로 아침저녁 대접할 제, 불쌍하신 어머니께도 권하면서 위로해 드려라."

"아씨, 그런 걱정은 마오. 하지만 나는 싫소. 아씨 없는 빈집에서 우리만 어찌 살라 하오. 나는 싫소."

향단이는 옥 창살을 부여잡고 운다. 월매는 춘향이 유언을 하는구나 생각하니 더욱 눈앞이 캄캄해져 가슴을 쾅쾅 친다.

"이것아, 늙은 어미 앞에서 그게 무슨 말이냐? 아이고!"

잠시 옥사 뜰 앞에 울음소리가 사무쳤다가 옥사쟁이가 쩔렁 쇠창 대를 잡고 지나가는 바람에 다시 잦아들었다.

춘향은 서방님을 불러 마지막 말을 한다.

"서방님께 부탁이오. 내일 본관 사또 잔치 끝에 나를 올려 죽인다니, 서방님 부디 멀리 가지 마시고 삼문 밖에서 기다렸다가 칼머리나 들어 주고, 나를 죽여 내치거든 다른 사람이 손대기 전에 삯꾼인 체 달려들어 나를 업고 물러 나와 우리 둘이 인연 맺던 부용당에 누인 뒤에 서방님의 적삼 벗어 내 가슴을 덮어 주오.

꽃상여에 나를 실어 북망산 찾아갈 제, 소나무, 대나무 푸른 데 잠시 나를 묻었다가, 서방님 세월 만나 벼슬길에 오르거든 좋은 베로 다시 싸서 서방님 댁 선산 아래 깊이 파고 묻은 뒤에 무덤 앞에 비를 세워 '절개 지키다 억울하게 죽은 춘향의 무덤'이라 새겨 주오.

설날, 한식, 단오, 추석 명절마다 찾아와서 서방님 손으로 술 한잔 따라 놓고 내 무덤 잔디에 올라서서 발 툭툭 세 번 굴러 '춘향아 푸른 풀 우거진 데 자느냐 누웠느냐. 내가 와서 주는 술이니 물리치지 말고 받아 다오.' 이 말씀만 하여 주시면 내 죽은 넋이라도 원 없겠소."

"오냐, 춘향아 울지 마라. 내일 날이 밝으면 상여를 탈지 가마를 탈지 뉘 알랴만, 하늘이 무너져도 솟아날 구멍이 있다 하였느니라. 춘향아, 그리 울지 마라."

"서방님, 또 한 가지 부탁 있소. 이 몸 하나 없어지면 불쌍한 우리 어머니 그 누구를 믿으리까. 서방님께서 우리 어머니 돌봐 주시면 황천에 가서라도 그 은혜를 갚으오리다."

월매 기가 막혀 운다.

"에그 이것아, 가슴 터진다. 너 하나 없어지면 그만이다. 다 늙은 이년이 살아 있을 줄 아느냐?"

향단이도 옥 창살을 부여잡고 몸부림치며 운다.

이때 옥사쟁이가 가까이 와서 눈물을 머금고서 이른다.

"그만들 돌아가소. 이제 옥 형리가 올 때 됐으니."

춘향은 태연하게 어머니와 향단이에게 이른다.

"어머니, 그만 돌아가시오. 향단아, 서방님과 어머님 모시고 가거라."

옥사쟁이가 재촉하니 어찌하리오. 향단이는 마님을 모시고 초롱불을 들고 옥문께로 나아간다. 도령은 몇 걸음 나가다 다시 돌아서 춘향에게 이른다.

"춘향아, 네가 나를 다시 보려거든 다른 마음 먹지 말고 내가 한 말 잊지 마라."

도령은 급한 걸음으로 옥문께로 사라져 나간다.

"서방님!"

춘향은 눈물 속에 옥창 밖을 내다본다. 서방님 모습은 어느덧 보이지 않고, 통곡하던 어머니도 흐느끼던 향단이도 옥문 밖으로 나가고, 어둠 침침한 깊은 밤에 서방님을 잠시 보고 옥방 안에 홀로 앉았으니 세상일이 헛되고 헛되도다.

"밝으신 하늘이 사람 낼 제 후하고 박함이 없었으련만, 내 신세는 무슨 죄로 옥중에 고생하다가 죽을 목숨이 되고, 그처럼 그립고 기다리던 서방님은 어쩌다가 잘못되어 걸인 꼴이 되었는가. 정녕 서방님이 패가망신 하였다면 내 죽은들 어찌 눈을 감으리오. 하늘도 신령님도 무심하도다. 정녕 믿는 나무 꺾어지고 공든 탑이 무너졌구나."

춘향이 칼을 안고 울다 삿자리 위에 쓰러지니, 거친 바람에 시달려 떨어진 한 송이 꽃이로다.

노랫소리 높은 곳에 원망 소리도 높구나

옥에서 돌아온 어사또는 그날 밤 성문 안 관아 거리에 들어가 몰래 살펴보았다. 길청에 가서 들으니 이방이 관속들과 수군거린다.

"여보소, 수의사또*가 새문 밖 이 씨라 하더니, 아까 한밤중에 등불 켜 들고 춘향 어미 앞세우고 옥사 쪽으로 가던, 헌 갓에 다 해진 도포 입은 그이가 수상쩍단 말이네. 내일 본관 생일잔치 끝에 모든 일을 잘 가려 잘못되는 일이 없도록 조심하소."

어사또는 그 말을 듣고 적이 놀랐다.

"그놈들, 알기는 잘 안다."

또 장청에 가서 들으니 행수 군관이 수군거린다.

"여러 군관님네, 아까 옥 안을 어정거리던 거렁뱅이가 아주 수상하데. 아무래도 분명 어사또인 듯하니 용모파기*를 내놓고 자세히 보소."

어사또 이 말을 듣고 중얼거린다.

"그놈들 하나같이 귀신이로구나."

* 수의사또는 수놓은 옷을 입은 사또라는 뜻으로 어사를 이르는 말.
* 용모파기는 어떤 사람을 잡기 위하여 그 사람의 용모와 특징을 기록한 것.

호장이 있는 곳에 가서 귀를 기울이니 호장도 그러한 말을 한다. 육방을 두루 돌아 염탐하고 춘향이 집에 돌아와서 밤을 드샜다.

이튿날은 본관 사또 변학도의 생일잔치 날이라. 어사또는 새벽안개가 걷히기 전에 광한루로 올라가서 이리저리 거닌다. 큰일을 앞두고 생각이 많은데, 장꾼으로 변장한 서리, 중방, 역졸들이 숲길 여기저기 언뜻번뜻 나타난다. 서리, 중방이 광한루로 넌지시 올라와 문안을 하고 알아본 사연들을 아뢴다.

"가는 곳마다 남원 부사를 원망하는 소리가 높사옵니다. 백성들에게 봄에 달걀 한 개씩 나누어 주고 가을에 씨암탉 한 마리씩 거둬들여, 별명이 갈고랑쇠라 하더이다."

"뿐만 아니라 이번 잔치에만도 집집마다에서 쌀 석 되, 달걀 세 알, 돈 석 냥, 베 석 자씩 거둬들여 안뜰 창고들이 미어터질 지경이라 하오이다."

어사또는 염탐한 사연들을 대충 들은 다음 삼문 밖에서 기다렸다가 군호에 따라 어사출또를 거행하도록 자세히 일러서 보내고, 운봉에서 돌아온 방자를 만났다.

"도련님, 제가 무슨 죄가 있다고 운봉 옥중에 가둔단 말이오이까?"

"수고했다. 네 입이 너무 가벼워서 그런 게니 탓하지 말고 삼문 밖에서 기다렸다 내 군호를 따라 행동하되 본관 사또가 뒷구멍으로 빠져나가지 못하도록 잘 살펴라."

"분부대로 하오리다."

방자는 세상 만난 기쁨을 참을 길 없어 춤을 추듯 날아가듯 숲속으로 사라졌다.

어사또 모두에게 분부를 내린 다음 삼문 앞으로 가서 동정을 살폈다. 벌써 각 고을 원들이 모여들기 시작한다.

"쉬! 임실이오."

"쉬! 곡성이오."

"어헛! 물렀거라. 손님 왔다고 일러라."

말 모는 소리 요란스럽게 담양 부사가 들어오고 순창 군수며 구례 현감들이 차례로 들어오는데 나팔 소리 낭랑히 울린다.

"따따 에이 찌름 에이 찌름."

무관 옷을 호사롭게 입고 손에 채찍을 들고 팔자수염에 금붕어 눈초리가 쩍 올려 째진 운봉 수령이 들어온다.

한편 본관 사또 변학도는 주인으로서 각 청의 책임들을 불러 단속하고 하인들을 불러 분부하는데, 잡일 맡은 승발(잡무를 보는 사람)을 불러 흰 눈 같은 햇볕 가리개를 높다랗게 치도록 하고, 예방을 불러 악공들과 광대들을 대령시키고, 고기 담당 불러 살진 암소를 더 잡으라 하고, 음식 맡아보는 아전을 불러 손님 음식상을 볼품 있게 차려 올리라 하고, 사령들을 불러 잡인을 금하도록 하며 요란스레 잔치 채비를 한다.

잔치 마당엔 갖가지 색 병장기와 깃발들이 호사롭게 바람에 펄럭이며, 삼현육각* 풍악 소리 하늘에 떠 있고, 초록 저고리에 붉은 치마 떨쳐입은 고운 기생들이 색동 소매 흰 손 높이 들어 춤을 추니 지화자 둥덩실 소리가 본관 사또 마음에 흡족하다.

여러 고을 원들이 동헌 대청 위아래로 벼슬 높이에 따라 벌여 앉아 음식상들을 받는데, 어찌나 요란히 차렸는지 상다리가 부러질 지경이다.

좋은 술 어찌 그냥 마시랴. 본관이 권주가를 부르라 한다.

"한잔 드오이다, 이 한잔 드오이다."

노랫소리 풍악 따라 울리고 웃음소리 한데 어우러지며 취흥이 높아진다.

이때 이 도령이 동헌 마당으로 썩 들어선다.

"여봐라 사령들아, 너희 원님 앞에 여쭈어라. 먼 길 가던 나그네가 좋은 잔치를 만났으니 안주 한 점, 술 한 잔 얻어먹잔다고 여쭈어라."

소리를 지르니 사령이 달려 나온다.

"어디 양반이관데 이러시오? 우리 사또께선 거렁뱅인 얼씬 못 하게 하라셨으니 썩 나가오."

등을 밀쳐 내니 이런 분부를 내린 본관 사또야말로 어찌 아니 명관이냐.

"나를 쫓아내라는 놈도 내 아들이고 쫓겨 가는 놈도 인사를 모르는 놈이라고 다시 여쭈어라!"

---

*삼현은 거문고, 가야금, 향비파의 세 현악기, 육각은 북, 장구, 해금, 피리, 태평소 들을 이른다.

사령은, 못 들어간다, 도령은, 들어가자, 하며 서로 옥신각신할 때 대청 위에서 운봉 수령이 이 광경을 보고 본관에게 청한다.

"저 사람이 차림새는 초라하나 양반인 듯하니 저 끝자리에 앉히고 술잔이나 대접해 보냄이 어떠하오?"

본관 사또는 운봉의 말이 못마땅해서 잔뜩 얼굴을 찌푸리고 마지못해, 대답을 한다.

"운봉의 소견대로 하오마는……."

역시 말끝을 맺지 못하는 것은 입맛이 쓰기 때문이다.

"여봐라, 저 양반 이리로 듭시래라."

운봉이 분부를 하니, 통인이 충충충 내려가 그 말을 전한다. 도령은 허허 웃으며 마루 위로 올라가 자리 끝에 앉는다.

"운봉이 사람 볼 줄 아는구나."

본관 사또는 입맛이 써서 고개를 내저으며 말을 한다.

"운봉은 오늘따라 망령이오. 저런 것들을 가까이하면 담뱃대나 부채 도둑맞기 일쑤인데 대접을 하라니……. 허허 참."

'오냐, 도둑질은 내가 하고 오랏줄은 네가 질 줄 알아라.'

이 도령이 이렇게 생각하며 둘레를 살펴보니, 마루 위에 수령들이 음식상을 앞에 놓고 기생들이 부르는 느릿한 진양조 소리에 한창 흥겹다. 이 도령 앞에도 음식상이 나왔다. 헌데 음식상을 보니 참으로 괘씸하기 짝이 없다. 모 떨어진 개다리소반에 닥나무 젓가락 한 쌍, 콩나물 한 접시, 떡 부스러기 한 접시, 막걸리 한 사발이 놓였을 뿐이다. 발길로 탁 차려다가 운봉이 앉은 옆으로 가서 옆구리를 꾹 찔렀다.

"갈비 한 대 먹읍시다."

"이 양반 갈비를 달라면 그저 달라 하지, 생사람의 갈비를 먹으려오?"

운봉이 이렇듯 말하며 통인을 불렀다.

"여봐라, 이 양반한테 갈비 한 접시 갖다 드려라."

"아니, 그럴 거 없소. 얻어먹는 사람이 제 손으로 갖다 먹지."

이 도령은 운봉의 상에 놓인 갈비 접시를 번쩍 들어 제 상에 갖다 놓고 이리저리 다니며 맛있는 음식들을 거둬 모으니 장내가 어수선해졌다.

"허, 이런 법이 있나."

"고약하군."

"어른을 몰라보는군."

"어, 남의 떡함지에 엎어져 죽을 놈이로고."

욕을 하거나 말거나 이 도령은 걷어 모은 음식을 개다리소반에 놓는다.

"티끌 모아 큰 산이로다!"

이 도령은 갈비를 뜯는 체하다가 운봉에게 또 청을 하였다.

"저기 앉은 기생이 행수 기생인 것 같은데 이런 잔치에 왔으니 저런 고운 손에 술 한잔 마시며 권주가 한마디 들읍시다."

운봉은 이번에도 거절하지 않고 행수 기생을 부른다.

"여봐라, 네 이 양반께 술 한잔 붓고 권주가 한마디 하여라."

관장들은 세상에 별일을 다 본다 하고, 본관 사또는 운봉이 미쳤다 하고, 행수 기생은 고개를 외로 꼬고 앉았을 뿐이다. 운봉이 행수 기생을 잠시 보다가 커다란 눈을 부릅뜨며 호령을 한다.

"이년 고약한 년, 어떠한 양반이든지 시키는 대로 할 일이지 앉아만 있어?"

운봉이 호령을 하니 행수 기생은 할 수 없이 이 도령 앞으로 와서 술 한 잔을 부었다. 도령은 술잔을 들고 권주가를 기다리는데 행수 기생은 목이 아파 못 하겠다고 한다. 하라거니 못 하겠다거니 하는 바람에 술이 쏟아진다.

"허, 이거 아까운 술 쏟아져 쓰겠느냐?"

이 도령은 쏟아진 술을 도포 자락에 묻혀 휘휘 뿌리니 술이 방울방울 아무 데나 떨어지고 본관 사또 갓머리에까지 날아가서 장내가 또 술렁거린다.

"허, 이런 변을 보겠나."

"저놈이 정녕 미친놈이로군!"

"저놈을 당장!"

쫓아내자는 말까지 나온다. 허나 적지 않은 관장들이 암행어사가 났다는 소문도 들은 터라 속으로 켕기고 저리는 데가 있어 그저 눈치만 보는 판이다.

당장 쫓아내자고 하던 순창 군수가 본관 사또에게 수군거리더니, 본관이 손님들에게 말을 한다.

"우리 오래간만에 이렇게 만났는데 운을 달아 글 한 수씩 짓는 것이 어떠하오?"

"좋은 말씀이외다."

관장들이 호응하니, 순창 군수가 한마디 덧붙인다.

"글을 짓지 못하는 자가 있으면 큰 벌을 주기로 합시다."

"옳은 말씀이외다. 운자는 내가 내겠소."

본관 사또가 운자를 낸다.

"기름 고(膏), 높을 고(高)."

관장들은 운자가 좋다고 하면서 글귀를 생각하며 웅얼거리기 시작한다.

이때 이 도령이 나앉는다.

"이 사람도 부모님 덕으로 책권이나 읽었으니 운을 달아 글 한 수 지을까 하오이다."

운봉이 반가이 듣고 붓과 벼루를 내준다.

아직 누구도 글을 짓지 못하고 있는데, 이 도령이 글 한 수를 먼저 지었다. 도령은 지은 글을 운봉 옆에 던져 준다.

"사령아, 먼 길 가던 나그네가 본관 사또의 큰 잔치를 만나 술과 안주를 배불리 먹었으니 이 은혜 백골이 된들 어찌 잊으리까 하고 여쭈어라."

이렇게 한마디 인사를 남기고 동헌 대청을 내려 성큼성큼 걸어 나갔다. 본관이며 순창이며 한마디씩 한다.

"거 배우지 못한 후레아들 놈이로군."

"좌우간 쫓아냈으니 시원하외다."

"자, 술 다시 들고 춘향이를 올려 좀 봅시다."

장내는 잠시 술 마시는 소리, 춘향이 이야기로 술렁거린다.

어사또 듭시오!

운봉이 이 도령이 던지고 간 글을 보니 심상치 않은 글이라.

금동이의 아름다운 술은 천 사람의 피요
옥소반의 좋은 안주는 만백성의 기름이라.
촛불 눈물 떨어질 때 백성 눈물 떨어지고
노랫소리 높은 곳에 원망 소리 높더라.

"아뿔싸! 일이 났구나."
글씨와 문체가 며칠 전에 총각 놈이 가지고 왔던 편지와 조금도 다름이 없다. 뿐만 아니라 그 글이 탐관오리들 목에 떨어지는 시퍼런 칼날 같은 글이니 간이 털렁 떨어지는 듯하다.
운봉은 그 글을 임실에게 보이고 임실은 그것을 구례에게 보였다. 글을 보는 손들이 사시나무처럼 떨렸다.
"허허, 이거 하늘이 무너지는구나."
운봉이 먼저 일어섰다.

"나는 일이 있어 먼저 좀 가겠소이다."

임실이 뒤따라 일어섰다.

"나는 오늘이 백성들에게 환자 쌀 줄 날이라서……."

술 취한 변학도의 눈이 휘둥그레졌다.

"아니, 왜들 이러시오?"

구례가 임실을 따라 일어섰다.

"나는 어머님께서 다치셔서 아무래도 가 봐야겠기에……."

"허허, 왜들 이러시오? 이제 절세미인 춘향이를 올려 매 치는 구경을 하시겠는데. 여봐라, 춘향이를 급히 올려라!"

"예이. 사령아, 춘향이를 급히 올리랍신다!"

"예이!"

군노 사령들이 옥으로 달려 나간다.

동헌에서 나온 이 도령이 삼문 앞에서 잠시 서성거리다가 군호를 하니, 서리와 중방이 재빠르게 움직이기 시작하였다. 역졸들을 불러 단속하는데 이리 가며 수군, 저리 가며 수군수군. 서리 역졸들은 비단으로 싼 외올망건에 새 패랭이를 눌러쓰고, 석 자 천으로 발을 감싸고, 새 짚신에 한산 고의(홑바지)를 입고, 육모 방망이에 노루 가죽 끈을 달아 손목에 걸어 쥐고, 예서 번뜻 제서 번뜻 하니, 남원 고을이 우군우군 흔들린다. 역졸이 달 같은 마패를 번쩍 들며 큰소리로 외친다.

"암행어사 출두야!"

강산이 무너지고 하늘땅이 엎눌리는 듯 산천초목이며 날짐승 길짐승들 그 어이 떨지 않으랴. 남문에서 "출두야!" 북문에서도 "출두야!" 동서문에서 "출두야!" 소리 푸른 하늘에 진동한다.

서리, 중방, 역졸들이 동헌 마당으로 달려 들어가니 잔칫상들이 우지끈 와지끈 박살이 난다.

"공형 들라!"

외치는 소리에 육방이 모두 넋을 잃고 벌벌 떤다.

"공형이오!"

세 구실아치가 대령하자, 역졸이 육모 방망이를 들어 후려갈기니 비명을 지르며 엎어진다.

"아이쿠 나 죽는다."

"공방! 공방!"

외쳐 부르는 소리 듣고 공방이 들어온다.

"싫다는 공방을 하라더니 이 일을 어찌하랴. 내 신세 망했구나."

허둥지둥 정신을 차리지 못하는데, 육모 방망이로 후려갈기니 소리를 지르며 거꾸러진다.

"어이쿠, 대갈빡 터진다!"

어찌 공방뿐이랴. 좌수, 별감이 넋을 잃고 예방, 형방이 혼이 빠지고, 온갖 사령들이 이리 뛰고 저리 뛴다. 술과 계집 속에 지화자를 부르던 고을 원들이 날 살려라 도망을 치는데 그 꼴이 볼만하다.

도장 상자를 잃고는 찹쌀 과줄을 들고, 탕건을 잃고는 술 거르는 용

수를 쓰고, 갓을 잃고는 소반을 쓰고 이리 뛰고 저리 뛴다. 거문고도 부서지고 북 장구도 깨어진다.

어찌나 혼이 났는지 변학도는 겁에 질린 두 눈깔을 멍석 구멍에 생쥐 새끼 눈 뜨듯 하면서 안채로 뛰어 들어가며 소리친다.

"어 추워라. 문 들어온다, 바람 닫아라. 물 마르다, 목 좀 다고."

이렇게 허둥지둥 날뛰며 쥐구멍을 찾는데, 음식 맡은 아전들은 상인 줄 알고 문짝을 이고 도망치느라 야단났다. 서리, 역졸들이 달려들어 후닥닥 갈기니, 소리치며 꼬꾸라진다.

"아이고, 나 죽네."

이윽고 어사또 든다고 알리는 소리가 요란스럽게 울린다.

"어사또 듭시오!"

온 동헌이 금세 조용해진다. 기패관(군영에서 군사들의 훈련을 맡아보던 무관)을 따라 갖가지 색 깃발들이 들어서고 조용히 하라는 숙정패가 꽂히고, 육방 관속들이 대청 아래 좌우로 늘어서서 벌벌 떤다. 어사또가 관복을 입고 대청 위로 올라 자리를 정하고 높이 앉으니 그 위엄이 온 남원 땅을 누르는 듯하다.

어사또는 우선 이방, 호장, 수형리들의 죄상을 자세히 따져 처리하고, 본관 사또 변학도는 남원 부사의 관직에서 파면시키되 관가 창고들은 모두 봉인하도록 분부하니, '본관은 봉고파직(고을의 원을 파면하고 관가 창고를 봉하여 잠금)'이라는 방이 사대문에 나붙었다. 그리하여 변학도가 거적에 둘둘 말려서 남원 고을 밖으로 내쳐졌다.

어사또는 다음으로 옥 형리를 불러 분부하였다.

"너희 고을 옥에 갇힌 죄수들을 다 올려라."

옥 형리가 죄수들을 옥에서 내어 올리니, 어사또는 한 사람 한 사람 죄상을 따져 물어 다시 가둘 놈은 가두고 풀어 줄 이들은 놓아주었다.

마지막으로 춘향이 옥에서 나와 동헌 마당으로 비틀비틀 걸어 들어와서 어사또에게 절을 하더니 그 자리에 혼절하듯 쓰러졌다.

춘향은 삼문께를 들어오면서 길 양옆에 늘어서서 웅성거리는 사람들 속에 간밤에 왔던 서방님이 있지나 않은가 눈여겨보며 돌아보고 다시 보고 하였으나, 서방님 모습은 어디에도 보이지 않았다.

'어찌 된 일일까? 무정도 하지. 형장 아래 죽을 목숨 마지막으로 서방님 얼굴 한 번 더 보지도 못한단 말인가. 밝은 날에 나를 볼 낯이 없고 사람들 앞에 나설 얼굴이 없어 차라리 먼 데로 가자 하고 가셨는가.'

옮기는 걸음마다 눈물이 쏟아지고 땅이 꺼지는 듯, 하늘이 도는 듯하여 동헌 마당에 들어오자마자 혼절하고 만 것이다.

어사또가 춘향의 죄를 물었다.

"저 계집은 무슨 죄로 갇혔느냐?"

형리가 허리를 굽히며 떨리는 목소리로 여쭈었다.

"저희 고을 월매라 하는 기생의 딸이온데 춘향이라 하오며, 관장의 분부를 듣지 않고 발악한 죄로 옥에 갇힌 계집이로소이다."

"무슨 분부를 듣지 않았느냐?"

"본관 사또의 수청을 들라고 불렀더니, 수절이라 정절이라 하면서 관정에서 발악을 하였소이다."

"관장의 분부를 거역하고 또 관정에서 발악을 하였으니 그 죄 어찌 살기를 바랄쏘냐. 그래, 네 마지막 소원이 무엇이냐?"

춘향은 정신을 차려 대답하였다.

"내려오는 관장마다 어찌 그리 명관이시오이까. 수의사또 들으시오. 억울히 죽을 몸이 무슨 소원이 있으리오마는, 새벽에 꿈결같이 잠깐 만난 제 낭군, 저 죽은 시체라도 받아 안고 가겠노라 거렁뱅이 모습으로 삼문 밖에 기다릴지 모르오니, 죽기 전에 마지막으로 한 번 더 만나 보면 소원이 없겠소이다."

말을 마치고 다시 쓰러져 흐느낀다.

이때 남원읍 부인네들이 몰려 들어온다.

"어사님께 발원이오."

"어사님께 소원이오."

군노 사령들이 쫓아내려 하였으나, 어사또가 부인네들을 들어오게 하였다. 부인네들은 죄다 울며 여쭈었다.

"살려 주오, 살려 주오, 우리 고을 춘향이를 살려 주사이다. 수절이면 이런 수절이 어데 있고, 정절이면 이런 정절이 어데 있으리까. 진흙에 묻힌 옥인들 춘향이 마음에 비기오며, 가시 속에 핀 꽃인들 춘향이 곧은 뜻에 비기오리까. 층암절벽 높은 바위 바람 분들 무너지며, 푸른 대와 솔이 눈이 온들 변하리까. 춘향이 높은 절개 세상에 비길

데 없사오니 어사님의 넓으신 처분으로 살려 주사이다."

"알겠노라."

어사또는 대답을 하고 품에서 옥가락지 하나를 꺼내 통인에게 준다.

"이것을 춘향이한테 갖다주어라."

통인이 가락지를 가지고 내려가 춘향이 손바닥 위에 놓아 준다.

춘향이 울음을 멈추고 손바닥에 놓인 것을 자세히 보며 놀란다.

"아니, 서방님께 드린 옥가락지가 어찌 여기 있는가?"

춘향은 혹시 서방님이 여기 어디 오시지나 않았나 하여 마당 둘레도 살펴보고 문간 쪽도 살펴보았건만 서방님 모습은 보이지 않는다.

"이 옥가락지가 하늘에서 떨어졌나 땅에서 솟았나. 옥가락지만 남겨 두고 서방님은 어디 가셨나?"

춘향이 눈에서는 눈물이 비 오듯 한다.

이때 어사또의 목소리가 울렸다.

"춘향이는 고개를 들어 나를 보라!"

춘향이 고개를 들어 올려다보니 거렁뱅이 꼴로 간밤에 왔던 서방님이 어사또로 뚜렷이 앉아 있지 않는가.

"서방님! 서방님!"

웃음 절반 울음 절반으로 서방님을 불렀다.

"우리 서방님이 어사 낭군 되셨구나. 남원 옥중에 때 아닌 가을이 들어 속절없이 떨어져 죽을 한 송이 꽃이러니, 객사에 봄이 들어 배꽃 흩날리는 봄바람이 날 살렸구나. 꿈인가 생시인가. 꿈이라면 깨지 마라."

어사또 대청에서 내려와 춘향이 손을 잡아 일으켜 함께 대청으로 오르니 이 아니 기쁜 일이랴.

이럴 때 월매가 향단이와 방자와 함께 들어온다.

"어디 보세, 어디 보세, 내 사위가 어사라니 그 모습 어디 보세."

동헌 대청 앞을 바라보니 춘향이가 도련님을 만나 나란히 서 있구나. 얼씨구, 이런 경사가 어데 있으랴. 원한과 설움으로 눈물만 흘리던 월매 눈에서 기쁨과 감격의 눈물이 주르르 흐른다. 하소연하러 왔던 남원읍 부인네들은 월매를 잡고 입에 침이 마르도록 칭찬하며 함께 기뻐한다.

춘향 같은 딸을 낳아

어사 장모 되었구나.

고생 끝에 낙이로다.

어헐씨구 절씨구.

부인네들은 동헌 마당인 줄도 잊고 덩실덩실 춤을 추고 월매도 팔소매를 들어 으쓱으쓱하며 온몸을 덩실거린다.

"춤을 추세. 이 궁둥이는 두었다 무엇 할까. 논을 살까 밭을 살까. 이럴 때 춤을 추세."

방자도 향단이 곁에서 더욱 좋아 히벌쭉거린다.

이 기쁨을 어찌 다 말로 하랴. 춘향의 높은 절개를 세상 사람 그 누가 칭찬하지 않으리오.

잘 있거라, 광한루야

어사또가 남원의 공사를 다 보고 춘향 모녀와 향단이, 방자까지 모두 서울로 행장을 차려 올려 보낼 제, 행차가 어찌나 호사로운지, 세상 사람들 모두 칭찬하고 감탄하였다.

춘향이 남원을 떠나려니 귀히 되어 가는 길이지만, 정들고 못 잊을 사연 많은 고향이라 기쁘면서도 서글픈 생각을 거둘 길 없다.

"내가 놀고 자던 부용당아, 너 부디 잘 있어라. 못 잊을 봄날의 이야기 깃든 광한루 오작교야, 잘 있어라. 봄풀은 해마다 푸르건만 정든 사람 한번 가서 돌아오지 않는다는 옛말을 내 이제 듣겠구나."

이렇듯 아쉬운 마음으로 춘향이는 고향 사람들과 인사를 나누었다.

"백세 천세 부디 평안하옵소서. 다시 만나 보기는 쉽지 않으오리니……."

가는 사람도 보내는 사람도 섭섭하여 눈물을 흘리니 어찌 아름다운 마음들이 아니랴. 사람들은 춘향을 '남원의 열녀'라 칭찬하며 기쁘게 보냈다.

우리 고전 깊이 읽기

- 《춘향전》에 대하여
- 《춘향전》에 담긴 보물들
- 여전히 이어지는 춘향과 몽룡의 이야기

《춘향전》에 대하여

우리가 가장 좋아하는 사랑 이야기

　우리나라 사람이라면 《춘향전》을 모르는 사람은 없을 것이다. 예나 지금이나 사람들이 가장 좋아하는 이야기는 남녀의 사랑과 역경, 그리고 그 역경을 극복하는 과정이다. 《춘향전》은 춘향과 몽룡의 사랑 이야기를 중심으로 신분을 초월한 사랑, 끝까지 약속을 저버리지 않는 절개, 사회 문제에 대한 비판과 응징 같은, 시대를 아우르는 주제를 다루고 있어 많은 이들의 사랑을 오랫동안 받고 있다.

　《춘향전》은 시대에 따라, 지역에 따라 조금씩 다른 내용으로 현재 100편이 넘는 작품이 존재한다. 이렇게 기본적인 내용은 같으면서 부분적으로 차이가 있는 책들을 이본(異本)이라고 한다. 《춘향전》은 고전소설 가운데 가장 많은 이본이 존재하며, 현재까지도 재생산이 거듭되고 있다. 이본 가운데는 특이하게도 번역본이 10여 종이 넘는다. 춘향과 이몽룡의 이야기가 일본, 영국, 프랑스, 러시아, 중국, 독일에서 번역되고 각색되어 그 나라 사람들에게 사랑받기도 했다.

　이 책은, 여러 이본들 가운데 《열녀춘향수절가》를 바탕으로 했다.

《춘향전》은 누가 썼을까?

《춘향전》은 누가 언제 쓴 이야기일까?《춘향전》이 언제 어떻게 처음 만들어졌고, 어떤 과정을 거쳐 오랜 시간 우리 민족에게 사랑받게 되었는지는 정확하게 알 수 없다. 이야기 형성 과정에 관해 이본만큼 다양한 견해가 존재한다. 수많은 사람들이 창작에 참여하여 만들어진 작품으로, 특정 작가나 시기를 추정하는 것은 별 의미가 없다.

한 가지 분명한 사실은《춘향전》이 입에서 입으로 전해져 내려온 구비문학에 뿌리를 두고 있다는 것이다. 설화, 민요, 무가, 판소리, 민속극이 구비문학의 대표적인 갈래인데,《춘향전》은 설화, 판소리 갈래와 밀접한 관련을 맺고 있다.《춘향전》은 시간이 지나면서 이야기의 완성도가 높아졌다. 오랜 시간 동안 민중들은 스스로 그 당시 시대 정신을 반영해 부분 부분 이야기를 고치고 더했을 것이다. 신분의 차이를 넘는 사랑 이야기, 곧 양반 도령과 기생 딸의 사랑, 부패한 관리를 혼내고 억울한 이들을 구하는 암행어사 이야기 같은 중심 뼈대 위에 민중들이 살을 붙이고 옷을 입히는 과정을 거친 것이다.

판소리 '춘향가'와 소설《춘향전》

사람들의 입을 통해 전해지던 이야기 문학이 판소리라는 갈래로 만들어지며 노래의 형식으로 전해지면서 민중들의 꾸준한 사랑을 받게 된다.

판소리는 조선 중기에 등장한 우리 전통 음악이며 동시에 문학이다. 판소리에서 다루는 이야기는 대개 가난하고 힘없는 민중들의 문제와 사건인 경우가 많다. 또 대부분 주인공들이 역경을 이겨내어 행복한 결말을 얻고 이를 통해 듣는 이들은 대리만족을 느낀다. 그렇기에 판소리는 오랜 시간 동안 우리 겨레의 사랑을 받아 왔다. 판소리 '춘향가'는 판소리 다섯 마당(춘향가, 심청가, 흥보가, 수궁가, 적벽가) 가운데 하나로, 가장 빼어난 작품으로 꼽는다.

판소리에서는 노래를 부르는 사람에 따라 자신의 독특한 방식대로 노래를 만들어 부르고 독립적인 대목을 넣기도 하는데 이를 '더늠'이라고 한다. 이런 이유에서 판소리 '춘향가'는 전체를 모두 부르는데 대여섯 시간이 걸리지만 '사랑가', '십장가' 등 일부 대목만 떼어내어 창으로 불러도 독립적인 노래가 되기도 한다.

이후 조선 후기 소설 문학의 흥행에 힘입어 판소리 '춘향가'가 소설로 기록되고 판소리와 소설 형태로 동시에 발전한 것으로 보인다. 판소리에 기반해 소설로 정착한 작품들을 판소리계 소설이라고 한다. 〈흥보전〉, 〈심청전〉, 〈별주부전〉이 이런 소설들이다.

판소리 '춘향가'로 불리던 이야기가 소설로 정착한 과정에 관해서는 다양한 견해가 있다. 그 중 하나가 1754년 만화당 유진한이 호남 지방을 유람하고 들은 이야기를 한시로 쓴 《만화본 춘향가》를 최초의 춘향전 기록으로 보는 것이다. 또 1640년에 조경남이 지은 《남원고사》가 최초의 춘향전이라고 주장하는 경우도 있다. 《남원고사》는 조경남이 그의 제자였던 성이성의 실제 이야기를 바탕으로 지은 소설이다. 실제 성이성이 13~16세에 아버지의 임지인 남원에 머물렀으며, 33세에 문과에 급제하여 네 차례 암행어사로 활동했던 행적이 밝혀졌다. 그래서 이 이야기가 《춘향전》의 형성에 영향을 준 것으로 보기도 한다. 특히 암행어사가 출두하기 전 잔칫상에 던져두고 간 이몽룡의 시와 비슷한 시가, 조경남의 책에 실려 있고 성이성의 문집에도 들어 있어 이러한 설을 뒷받침하기도 한다.

아무튼 판소리가 부르는 이에 따라 다양하게 변형되어 형성되는 만큼, 소설 《춘향전》도 여러 변형을 거치며 오늘날에 이르렀다.

《춘향전》에 담긴 보물들

계급과 계층의 욕망이 생생하게 담긴 《춘향전》 속 인물들

《춘향전》에는 다양한 인물들이 등장하여 각자의 계층과 상황에 따라 다채로운 욕망을 표출한다.

몽룡으로 대표되는 양반 귀족 계층은 가문의 명예와 위신을 거스르지 못하는 현실 순응적인 모습과 자유로운 감정 표출과 사랑에 대한 열망을 동시에 보여 준다. 변학도가 보여 주는 권력욕, 물질적 욕망, 하층민에 대한 물적, 성적 착취 들은 다른 계층과의 첨예한 대립을 만들어 내는 요소로 작용하기도 한다.

남원 지방 관아에 속한 구실아치인 아전들은 양반 계층과 일반 민중 사이에서 상황에 따라 자신의 욕망을 변화시키며 입체적으로 움직이는 모습을 통해 작품의 역동성을 더한다.

기생들은 권력층의 횡포에 맞서는 태도를 보이기도 하지만 사회 질서나 기존 관습의 굴레를 쉽게 벗어나지 못하는 모습을 보여 주기도 한다. 고초를 겪는 춘향을 동정 어린 눈으로 보기도 하지만, 변학도의 지시를 거부하는 춘향에게 호통을 치며 변학도 앞으로 춘향을 데려가는 것도 행수 기생이다.

그리고 춘향 또한 양반 계층의 가치를 대표하는 도덕을 따르는 모습을 보이기도 하고 관능적인 모습을 보이기도 하며, 연약하고 순종하는 태도와 부당한 상황에 저항하는 의지적인 태도를 이중적으로 보이는 인물이다.

향단과 방자는 각각 춘향과 몽룡을 모시는 인물로 두 주인공의 행동에 재미를 더하는 감초 같은 역할을 하면서 자신들의 생각을 거침없이 내뱉는 모습을 보이며 자신의 당당한 의사를 표현하는 면도 함께 보이고 있다.

이렇듯 이 작품은 다른 고전소설보다 당대 사회 계층이 가장 다양하게 등장하여 당대 사람들의 일상적인 삶의 모습을 보여 준다. 어느 면에서는 자신이 속한 계층의 가치에 충실한 전형적인 인물처럼 보이지만 때론 전형을 벗어나는 모습을 드러낸다. 이는 판소리 또는 소설이 다양한 계층을 독자로 하고 있었기 때문에 이들을 아우르는 가치를 담으려는 데서 비롯한 것이다.

《춘향전》은 사건의 일상성이 돋보이는 작품이다. 생활 속 소재나 하찮은 삶의 문제까지 소설의 대상이 되고 있다. 민중들의 삶이 솔직하고 적나라하게 드러난다. 이런 부분 때문에 읽는 이들의 공감을 이끌어 오랜 기간 사랑받는 이야기가 될 수 있었다.

풍자와 언어유희로 읽는 재미와 듣는 재미도 함께

이 작품을 읽는 재미 중의 하나가 리듬감이 느껴지는 생생한 장면 묘사와 상황의 나열, 우리말의 묘미가 느껴지는 다양한 의성어와 의태어 활용, 해학과 풍자다.

어떤 상황이나 장면은 지나치다 싶은 정도로 같은 뜻의 표현들을 여러 번 나열하기도 한다. 이는 읽는 이의 오감을 자극하는 생생한 묘사들로 이루어져 있어 그 장면을 감각적으로 느끼게 한다. 유사한 문장 구조의 반복과 나열은 판소리의 음악적 요소가 소설로도 이어지는 읽는 맛을 느끼게 한다. 이런 과정에서 장면에 생동감을 부여하고 생생한 현장감을 드러내는 요소로 의성어와 의태어의 사용이 두드러진다.

'털렁, 달강달강, 징징, 달랑달랑, 가물가물, 짤그닥 짱짱, 둥덩실, 발심발심, 살래살래, 비빗비빗, 빽빽, 발심발심, 오목오목, 끼룩 뚜루룩, 둥덩실' 같은 수많은 의성어와 의태어들은 우리말의 묘미를 한껏 살리고 작품을 아름답게 한다.

  삼베 이불 춤을 추고 샛별 요강은 장단 맞추어 청그릉 징징, 문고리는 달랑달랑, 등잔불은 가물가물 맛있게 잘 자고 났구나. (78쪽)

  머리를 내젓고 눈알을 요리조리 굴리며 얼굴은 붉으락푸르락, 눈을 간잔지런하게 뜨고 눈썹이 꼿꼿해지면서 코가 발심발심, 이를 뽀도독 뽀도독 갈고 온몸을 수숫잎 틀듯하며 매가 꿩 채듯 앉는다. (98쪽)

수시로 등장하는 풍자와 해학 표현에서는, 어려움을 굳건히 이겨 나가는 민중들의 현실 극복 자세를 엿볼 수 있다. 남원 고을 백성들이 소식 없는 몽룡을 원망하고, 변학도가 세금으로 돈을 긁어모은다고 비판하는 데서는 민중들의 양반 계층에 대한 불만을 풍자한다. 양반들이 암행어사 출두를 예상하고 서둘러 자리를 피하려는 장면, 시각장애인 점쟁이가 개울을 건너다 고초를 겪는 장면에서는 해학이 보인다.

우리 남원 사판일세.

사판이란 무엇이냐.

사또님은 난장판이요

좌수님은 지랄 판이요

육방 관속은 먹을 판이니

우리네 백성은 죽을 판 났구나.

어여로 상사뒤요. (182쪽)

도장 상자를 잃고는 찹쌀 과줄을 들고, 탕건을 잃고는 술 거르는 용수를 쓰고, 갓을 잃고는 소반을 쓰고 이리 뛰고 저리 뛴다. 거문고도 부서지고 북 장구도 깨어진다.

어찌나 혼이 났는지 변학도는 겁에 질린 두 눈깔을 멍석 구멍에 생쥐 새끼 눈 뜨듯 하면서 안채로 뛰어 들어가며 소리친다.

"어 추워라. 문 들어온다, 바람 닫아라. 물 마르다, 목 좀 다고." (229쪽)

또 《춘향전》에는, 양반들의 글인 한문, 한시와 평민들이 쓰는 입말과 속된 표현들이 섞여 있다. 이는 판소리나 소설이 어느 특정 계층만 즐겼던 것이 아니라 양반과 평민 모두가 즐겼던 것이기 때문이며 다양한 계층을 아우르기 위해서였다.

신분제 사회에 저항하는 민중의식을 담다

이 작품은 다른 고전소설처럼 권선징악을 보편적인 주제로 하지만 내용을 깊이 분석하면 더욱 다양한 주제 의식을 느낄 수 있다.

첩의 자식인 춘향이 명문 양반 자제 몽룡과 사랑을 이루고 신분이 상승하는 이야기에 당시 사람들의 꿈이 담겨 있다. 신분 상승의 의지와 소망을 실현하기 위해 노력하는 모습은 신분제 사회에서 많은 사람들이 가진 소망을 대리만족하게 한다.

또한 민중들이 현실에 저항하는 의식도 담겨 있다. 조선 후기 신분제가 해체되어 가는 시대 상황을 반영하면서 민중들의 현실 인식과 변화에 대한 요구가 작품에 더해졌다. 관리의 수탈과 횡포를 비판하는 남원 백성들과 몽룡이 길에서 만난 농부들의 태도는 가혹한 수탈에 고통 받는 백성들의 울분을 표현하고 있다.

춘향에게 수청을 요구하는 변학도의 행위도 다른 유형의 수탈로 볼 수 있다. 춘향은 수청을 거절함으로써 한 인간으로서 인격을 주장하고, 수절이라는 유교 덕목을 지키는 것을 넘어 한 인간으로서의 가치를 지키려고 몸부림친다. 춘향은 몽룡과 만나 하나의 온전한 인간과 인간의 결합으로 자신을 받아 줄 것을 요구한다. 춘향이 변학도의 수청을 거부하고 죽음도 마다하지 않은 것은, 인간의 가치와 존엄을 지킬 수 있다면 목숨을 버릴 각오가 되어 있는 것이다.

춘향을, 신분 상승에 대한 욕망을 구현하는 인물이자 특권 계층의 횡포와 신분 사회의 모순에 저항하여 자아를 실현하고 인간 해방의 보편적 가치를 지키는 인물로, 저항의 정신과 평등의 가치를 구현하는 인물로 보기도 한다. 시대의 부정에 대한 비판과 극복은 어느 시대에나 민중이 꿈꾸는 주제이기에 이 점 또한 작품이 꾸준히 사랑 받아 온 이유일 것이다.

겉으로는 충성, 효도, 정절 등의 유교 가치를 내세우지만, 그 뒷면에는 사회 모순과 부조리를 비판하고 극복하려는 의지, 새로운 시대를 바라는 민중 의식이 담겨 있다고 볼 수 있다.

몽룡과 춘향은 신분제를 뛰어넘을 수 있었을까?

판본에 따라 다른 시대를 설정하기도 하지만, 《춘향전》의 배경을 주로 조선 후기인 숙종 때로 보고 있다. 이 시대의 역사적 현실을 알고 있는 독자라면 소설 속 이야기 중 현실적인 내용은 어느 것일까에 관한 궁금증을 갖게 될 것이다. 그 중 가장 흔한 의문이 신분 사회의 규율이 엄격한 시대에 '이 도령과 춘향은 결혼할 수 있었을까?'라는 것이다. 명문 양반가의 자제와 기생의 딸이 정상적인 가정을 이루는 것이 거의 불가능해 보이는 사회에서 왜 이 작품은 이와 같은 설정을 한 것일까?

조선 후기에 오면서 굳건했던 신분제가 흔들리기 시작했다. 상공업이 발달하면서 부유한 평민들이 등장했고 이런 평민들 가운데 양반 세계로의 진입을 꿈꾸는 이들이 많아졌다.

그래도 퇴기(은퇴한 기생)의 딸인 춘향과 남원 부사의 아들인 몽룡은 혼인하기 어려웠을 것이다. 신분의 벽을 넘는 것은 생각보다 힘든 일이었다. 그래서인지 후기에 만들어진 판본에는 춘향의 신분이 퇴기의 딸이 아닌 여염집 여인으로 달라지는 경우까지 등장한다. 소설의 개연성을 높이기 위한 시도였겠지만 춘향과 몽룡이 혼인으로 맺어지게 하는 설정으로 민중들의 욕구를 반영하고자 한 것으로도 볼 수 있다.

몽룡이 죽을 뻔한 위기에 있는 춘향을 구할 수 있었던 것은 암행어사가 되었기 때문이다. 그리고 몽룡이 암행어사가 되는 데 결정적인 역할을 한 것이 과거제도이다.

과거제는, 고려 광종 때 처음 실시되어 조선 시대까지 인재를 등용하는 가장 중요한 역할을 한 관리 선발 시험이다. 조선 시대 과거제도는 문과, 무과, 잡과가 있었는데 문과는 진사와 생원이 되는 소과와 초시, 복시, 전시로 구성된 대과로 구분한다. 대과는 초시에서 240명, 복시에서 33명을 선발하며, 33명의 순위를 가리기 위해 왕 앞에서 전시를 치렀다.

《춘향전》에서 몽룡이 과거를 보는 장면은, 왕 앞에서 이루어지며 '마침 나라에 좋은 일이 있어 태평과'를 보게 했다는 것으로 볼 때 정규 과거 시험이 아닌 특별히 마련된 임시 과거였던 것으로 보인다. 임시 과거도 여러 종류가 있는데, 시험 장소가 '춘당대'인 것을 보면 몽룡이 치른 과거는 '알성시'로 추측할 수 있다. 다만 장원 급제를 해도 바로 암행어사가 되는 경우는 거의 없고, 관직 생활을 하면서 경험을 쌓은 관리 가운데 암행어사가 임명되는 경우가 많았다. 몽룡이 과거 장원 급제한 뒤 바로 암행어사가 되어 떠나는 설정은 극적 효과를 노린 소설 장치라 할 수 있다.

조선 후기 생활 모습을 고스란히 담은 민중문학

이 작품은 그 시대 사람들이 살아가는 모습을 살펴 보는 데 뜻깊은 요소들이 많다. 다양한 인물이 등장하는데, 특히 지방 관아의 다양한 관직 이름들이 등장하는 점도 흥미롭다.

여러 역할의 사령들, 방자, 통인, 낭청, 창고지기, 이방, 형방, 공방, 나졸들, 호장, 군노, 급창, 서리, 중방, 역졸, 종사, 승발 등 관청 또는 관청 주변에서 일을 하는 많은 이들이 나온다. 이들의 역할과 위상을 정확하게 알 필요는 없지만 소설의 전개 과정에서 어떤 역할을 하고 있는지는 미루어 짐작할 수 있다.

또 의복이나 장신구, 세간살이 같은 다양한 생활 용어들이 등장하는데, 덕분에 선조들의 의식주를 살피는 즐거움도 있다.

'안장, 질빵, 고삐, 채찍, 재갈, 굴레, 주락상모'처럼 말과 관련한 도구들을 보며 말을 이동 수단으로 중시하던 시대의 모습을 엿볼 수도 있고, '댕기, 노랑 저고리 다홍치마, 장옷, 갑사 쾌자, 중치막, 도포, 분홍 부채, 모시 철릭, 탕건' 같은 옷가지들을 머릿속에 생생하게 그려 볼 수 있다. '갈비찜, 생선찜, 신선로, 설기, 송편, 메추리탕, 전복, 냉면, 산적' 같은 음식은 화려하게 묘사되어 모양과 맛을 상상하는 즐거움을 느끼게 한다.

삼단 같은 긴 머리를 곱게 빗어 밀기름에 잠재우고, 자주색 비단 댕기에 석황 물려 맵시 있게 땋아 늘이고, 가는 모시 바지를 받쳐 입고, 가는 무명 겹버선에 남빛 대님을 곱게 치고 새파란 중치막에 옥색 도포 받쳐 검은 띠를 가슴에 지그시 눌러 띠니 고운 모습 늠름한 풍채가 돋보인다. (19쪽)

나주 소반에 정갈한 음식들이 가득하다. 향긋한 산나물이며 들나물에 펄펄 뛰는 숭어찜, 포도동 나는 메추리탕, 동래와 울산 큰 전복을 강계 포수의 눈썹처럼 어슥비슥 저며 놓고, 산적도 구워 놓고, 냉면도 비벼 놓고, 싱그러운 햇김치엔 빨간 고추가 동동 떠 있다. (70쪽)

여전히 이어지는 춘향과 몽룡의 이야기

춘향의 이야기는 설화, 판소리, 소설 등 다양한 갈래로 전해졌다. 시대에 따라, 지역에 따라 조금씩 다른 내용을 가미하며 많은 재생산이 이루어진 작품이다. 심지어 이본에 따라 춘향의 성격과 이름, 신분마저 다르게 나타나는 경우까지 있으며 창작자의 관점에 따라 주제 의식에서도 중심을 두는 가치가 다른 작품도 있다.

《춘향전》은 현대 사회에서 아직도 새롭게 다시 쓰이고 있는 작품이다. 판소리, 창극, 소설, 희곡, 오페라, 드라마, 영화로 다양하게 만들고 있으며, 웹툰이나 게임으로도 쓰이고 있다.

소설로 전해지던 《춘향전》은 조선 시대 이후에도 1912년 이해조의 '옥중화(獄中花)', 1913년 최남선의 '고본 춘향전', 1925년부터 조선일보에 연재된 이광수의 '일설 춘향전' 같은 작품들로 재생산되었다. 이후 현대 소설에서도 관점을 달리하는 춘향전들이 여러 편 나왔다.

판소리로 불리던 '춘향가'는 일제강점기 창극 형태로 만들어져 '창극 춘향전'으로 공연되었으며 국립 국악원에서 현재까지 공연되고 있다. 희곡으로는 1936년 유치진의 '춘향전'(1938년 공연)이 있었으며, 1948년 이주황의 '탈선 춘향전'을 통해 방자가 화자 겸 주인공으로 등장하는 설정으로 재생산되기도 했다. 1950년 현제명 작곡의 오페라까지 제작되었다.

《춘향전》은 영화의 소재로 가장 많이 사용된 이야기 중 하나이기도 하다. 1923년 하야카와 고슈의 영화 〈춘향전〉을 시작으로, 1935년 한국 최초의 발성 영화 〈춘향전〉, 1961년 컬러 영화 〈춘향전〉, 〈성춘향〉 같은 작품들이 제작되었고 여러 작품의 제작을 거쳐 2000년 임권택의 〈춘향뎐〉까지 20여 차례 영화로 만들어졌다. 2010년 〈방자전〉은 전혀 새로운 관점에서 《춘향전》을 재해석한 창작물로 재생산되었다.

텔레비전 드라마로도 제작되었다. 2005년 〈쾌걸 춘향〉이란 드라마는 현대 사회를 배경으로 하는 변형을 시도한 새로운 이야기였다.

《춘향전》 속 이야기는 시로 다시 태어나기도 했다. 김영랑 '춘향', 박재삼 '춘향이 마음' 연작, 전봉건 장시 '춘향연가', 강은교 '춘향이의 꿈노래', 서정주 '추천사', '다시 밝은 날에', '춘향유문', 임보 '몽룡의 노래', 김춘수 '타령조', 신경림 '춘향전-운봉에서', 문효치 '춘향의 말', 장순금 '춘향', 정의홍 '춘향이가 이도령에게' 같은 작품들이 알려져 있다.

문학 작품 외에 문화적인 측면으로 재생산되는 경우도 있다. 소설의 배경이었던 남원시는 광한루, 오작교 등을 문화 공간으로 꾸미고 '열녀춘향사'라는 사당을 만들기도 했다. 또 해마다 오월에는 축제 '춘향제'를 열고 있다.

지금 이 시대에도 《춘향전》 관련 콘텐츠들은 우리 문화 속 한 부분이 되어 있다. 《춘향전》은 앞으로도 계속 재생산될 것이다. 다른 계층의 사랑 이야기,

사회 관습과 제도의 모순에 맞서 싸우는 평범한 사람들의 이야기, 개인의 자유와 존엄을 지키는 사람의 이야기 같은 콘텐츠에서 지금보다 더 다양한 갈래로 새롭게 태어날 것이다.

《춘향전》뿐만 아니라 전통문화와 고전은 현대 사회 문화를 형성하는 토대가 된다. 전통문화를 창작과 재생산의 동기로 삼기 위해서는 고전을 꼼꼼하게 읽고 폭넓게 해석하며 재평가하여 자신이 살고 있는 현실과 견주어 재창조하는 자세가 필요하다. 그리고 이런 자세는 우리가 앞으로 더 새로운 것들을 만들어 낼 수 있는 힘이 된다.

만남 6
춘향전
청소년들아, 춘향을 만나자
2025년 6월 30일 1판 1쇄 펴냄

글쓴이 옛사람 | **옮긴이** 조령출
다시쓴 이 오세호 | **그린이** 무돌

편집 김누리, 김성재, 임헌, 천승희
디자인 이종희 | **제작** 심준엽
영업마케팅 심규완, 양병희, 윤민영 | **영업관리** 안명선
새사업부 조서연 | **경영지원실** 차수민
인쇄와 제본 ㈜상지사 P&B

펴낸이 유문숙 | **펴낸 곳** ㈜도서출판 보리
출판등록 1991년 8월 6일 제9-279호
주소 (10881) 경기도 파주시 직지길 492
전화 031-955-3535 | **전송** 031-950-9501
누리집 www.boribook.com | **전자우편** bori@boribook.com

© 보리, 무돌, 2025

이 책의 내용을 쓰고자 할 때는, 저작권자와 출판사의 허락을 받아야 합니다.
잘못된 책은 바꾸어 드립니다.
값 16,000원

보리는 나무 한 그루를 베어 낼 가치가 있는지 생각하며 책을 만듭니다.

ISBN 979-11-6314-420-5 44810
ISBN 978-89-8428-629-0 (세트)